文芸社セレクション

おっさんたちの千日戦争

新宿裁判闘争編

小松 良則

KOMATSU YOSHINORI

文芸社

目次

この物語は実際にあった出来事を元にしたフィクションです。
作中に登場する人物・団体名はすべて架空の名称となっています。

第一章　緊急文書の送付、臨時総会は大騒ぎ
地上権は建物部分だけ、管理人室と駐車場は何処へ消えた!!

二日酔いの朝に総会通知が舞い込んできた。令和二年三月のことだった。事務所として使用する古いマンションの管理組合からだ。

新宿ロイヤルマンションは一一階建て、戸数五〇個ほどの小さなマンションで、新宿の職安通りに面している。大久保駅へ歩いて三分の距離だ。目の前にバス停があり、新宿駅や渋谷駅へと向かうバスが頻発する。築年のわりに人気が高く値崩れしないのはこの利便性にあるのだろう。

マンションの半分は住民が生活し、半分は事務所として使用され、私はこのマンションの一室で司法書士事務所と行政書士事務所と宅建業を営んでいる。知らぬ人はたくさんの看板で繁盛ですねと社交辞令を言うが、何のことはない。一つの資格では食えないから、あれやこれやに手を出している。仕事が遅れがちになるのは仕事が多すぎるからではなく、酒を飲みすぎるからだ。現に今日も二日酔いでめまいがする。

年のせいかもしれない。

たしか一週間前にも総会通知が投函されていたはずだ。面倒なので中も見ずに放っておいたのだが、一か月も経ずに臨時総会を招集するのは、何かただならぬ事態がこのマンションに起こっているのだろうか。

二週間後、マンション近くの、総会会場として指定された会議室へ向かった。その日も二日酔いだった。

喫茶店の会議室には既に一五、六人が集まっている。新宿ロイヤルマンション所有者と管理会社の担当者たちだ。会議室は開催前にもかかわらず、怒声であふれている。

私は事情が呑み込めず、アルコールの残る頭で帰るべきか留まるべきかを考えた。

「マンションの所有者が玄関前の敷地に車を停めておけないとはどういうことだ」

エントランスに車を停めておいたところ、管理会社の管理人からだめだと言われたそうだ。

どうやら話の中心はそこから始まるらしい。

「私はね、このマンションには駐車場がないのだから仕方ないほんの一刻だ、とお願いしたのです。しかし、管理人は停めるなの一点張り、この土地は松岡さんの所有だから駄目なのだという」

カラスに似た色の黒いおっさんが口から泡を吹いてまくしたてた。

「おかしいでしょう、どうなんですか松岡さん」

地主は松岡という名前で、この総会に出ているらしい

「土地は私の所有です。一階も二階も三階も建物は私の所有で、四階から上のマンションとは別扱いなんです。これは当初から決まっていたことです」

梅干しに目鼻を付けたような顔の松岡氏がしゃがれ声で主張した。年は八〇歳前くらいだろうか。弱々しい態度で話すが、どこかふてぶてしい目つきだ。

私は隅の椅子に腰を下ろし、テーブルに広がる会議資料を読んでみた。

新宿ロイヤルマンションは、地主の松岡氏が地上権と等価交換で三分の一程度区分建物を所有している。敷地には地上権が設定され、各マンションの所有者は区分建物の所有権と敷地の地上権を持っている。

どうやら、地主の松岡氏は、自分が土地の所有者なのだから、勝手に私の土地を使ってはいけないといっているらしい。

「あんたは馬鹿か」

白髭のおっさんが熊のように吠えた。唾が飛び散り、皆は顔をそむけた。

「新宿ロイヤルマンション所有者は土地に地上権の権利がある。土地の所有権が地上権によって制限されるのは当然じゃないか。あんたはそれを知らないというのか」

机をたたいて、立ち上がった。

「区分所有者は地上権を持っている。土地の使用権は地上権者にある！」

参加者も口々に主張した。

「地上権があるのに車を停められないとはどういうことだ」

「ですから、地上権は建物の建っている部分だけです。建物が建っていない土地部分は、私の所有権です。最初に建築したときの取り決めです」

松岡氏は毅然と言った。どうやらこの問題には前から自分なりに理屈をもっているらしい。

「そんな馬鹿なことがあるのですか、管理会社の佐々木さん」

松岡氏の向かいに座る、首の長いおっさんが、もっそりとした横の男に尋ねた。

日本管理株式会社が長年このマンションの管理を請け負っている。佐々木さんは営業課長らしい。

「さあ、私どもの管理は途中からなので、当初のことは判りません」

「話をずらすんじゃないよ。地上権は建物部分を垂直投下した土地部分にしか及ばないのかと訊いているのじゃないか」

熊が仁王立ちで吠えた。

アヒルに似た管理会社の佐々木課長は、さあと首を傾げた。

「こんな馬鹿なことがあるか。マンションの周りの土地は我々住民には何の権利もなく、歩く事さえできないというのか。そんなマンション誰が買うか、聞いたこともない、非常識だ」

「私は、皆さんが歩くことは認めていますよ」

松岡氏が、真面目な顔で言った。

「何を言っているのだ、なんであんたに認めてもらわねばならない。私たちはマンションの所有者なのですよ」

カラス顔のおっさんが声を震わせた。怒号が飛び交った。

私はテーブルの上にある土地登記事項証明書を開いてみた。

マンションの底地、新宿区大久保一丁目一三六番一の土地、三八三・〇八㎡には、昭和五三年に地上権の設定登記がある。目的は鉄筋コンクリート造建物所有、存続期間は七〇年。新宿ロイヤルマンションは昭和五五年五月に竣工された。

「あのお、地上権ですが、土地の登記事項証明書を見ますと地上権は一筆の土地の全部に登記されています。その後にマンションは建てられた、地上権が土地の一部分にしか及ばないことはありません。何か契約書でもあるのですか」

　私は思わず口を開いてしまった。後悔した。

「そうでしょう、その通りです。これが原始管理規約の写しで、それとこれが販売当初のパンフレットです」

　カラスおっさんが飛ぶように私の隣に座り、マンション管理規約の写しを見せた。指に唾をつけ、ページをめくった。

「この規約には、敷地として一三六番一の土地と記載されている。その権利は地上権とある。つまり土地の全部が地上権の対象ということです」

「先代が契約したことだから、わからないのですよ。でも私はそう聞いていた」

「この松岡さんは、肝心なことは先代のやったことと言い、忘れたと言い、わからないという」

　熊おっさんが立ち上がり、松岡氏を指さし怒鳴り散らした。

「理事長をずっとやってきたでしょう。わからないわけがない」

　首の長い老人はウミガメのような目玉を松岡氏に向けた。

松岡氏は建物完成時以来、ずっと新宿ロイヤルマンション管理組合の理事長を続けている。

どうやらこの場は、現在のマンション管理組合理事長で地主でもある松岡氏糾弾の場になっているらしい。

「どうですか松岡さん、あなたの考えを間違いと認めますか、敷地に何の権利もないマンションを誰が買うというのですか」

アイスコーヒーをズルズルとすすり、カラスは松岡氏を見た。

「わかりました。皆さんが使うことを私は許可します」

皆が飛び上がった。

「許可してもらう必要はない、当然の権利だ」

カバ顔の太ったおっさんが甲高い声で叫ぶ。

ウミガメ目玉のおっさんが立ち上がって皆を制した。よだれが垂れた。

「ちょっと待ってください、問題はそれだけじゃない。私は、このマンションを新築の時に購入したのです。評判がよく、抽選でした」

わたしもです、と、カラスおっさんが相槌を打った。

新宿ロイヤルマンションは便利な場所にある為、新築当時は大変な人気だったという。

「それで、こうして当時のパンフレットも保管しているのですが、この騒動の最中おかしなことに気づいたのですよ」

何ですかと、皆が首を伸ばす。

亀顔おっさんはよだれを拭いた。

「この一階部分のパンフレットの平面図見てくださいよ、駐車場と書かれていませんか」

みんなが声を上げた。

今まで誰も気づかなかった。現在、宅配取次店として仕分け作業を続ける一階建物部分一〇二号室は、パンフレットには駐車場と記されていた。

取次店の奥の事務室は、パンフレットでは管理人室となっている。

「本当だ、イラストの中に駐車場とある、車も止まっている」

「どういうことですか、これは」

皆が松岡氏に注目した。

「これは、パンフレットがそうなっているだけでね、一階は全部私の所有です。当初は松岡電機というカー電装品取り付けの会社をやっていた。それで駐車場は必要だったのです」

松岡氏はすらすらと答える。

「パンフレットでは管理人室と駐車場だ。これはみんなが使用できる共用部分じゃないのですか、松岡さん」

カラスおっさんが詰め寄る。

「マンションの建物部分には専有部分と共用部分があり、それ以外はない。専有部分は各区分所有者が所有し、共用部分はみんなの共有だ。そうですよね、管理会社の佐々木課長」

アヒル顔の佐々木課長は目を見開き大きく頷いた。

「駐車場はどうなんですか、課長」

「一般的には共用部分です」

「管理人室はどうですか」

「やはり、一般的には共用部分です」

「一般的って、管理人室を区分所有者の一人が所有しているマンションなんてありますか」

カラスは叫ぶ。

「ありません」

　課長はごくりとつばを飲み込んだ。梅干し顔の松岡氏が立ち上がった。

「まあご覧なさいよ。建物番号一〇二、その部分は居宅として、私の所有権が登記されている。宅配取次店に賃貸している部分です」

　そういって鞄から一〇二建物の登記事項証明書と建物図面を取り出した。証明書にはパンフレットにある管理人室と駐車場が一つの部屋として登記されてある。種類は居宅、所有者は松岡氏だ。

　皆はどれどれと図面とパンフレットを交互に眺めた。

「しかしおかしいな。販売パンフレットでは駐車場の奥は管理人室だ。その管理人室がいつの間にか居宅となり、駐車場の部分にまでひろがり、そして駐車場が消えている」

　カバ顔のおっさんは頻りに首をひねった。

「パンフレットは計画当初の物だから、いい加減だ」

「そんなことはない。我々は建物が建つ前にパンフレットを信じて購入したんだ」

　熊が吠えた。ロイヤルマンションは人気で新築前に完売した。

「管理人室がなぜ居宅となり、駐車場までもなぜ松岡氏の所有になったんだ。説明してくださいよ。駐車場があれば、今回の騒動も起こりはしなかったんだ」

おっさんたちは松岡氏に迫った。

確かに新宿ロイヤルマンション販売当初のパンフレットには、一階に管理人室と駐車場が描かれている。これはどういうことか。

建物登記事項証明書に不思議な記載があった。昭和五五年に新築登記された一〇二号室は、その後平成二年一一月二日変更として面積が増えている。同時に一階全体の建物面積も増えた。これは何を意味するのか。マンションの建物が増築で増えたのか？

「私にはわからないよ、先代のマツヨがやったことなんだから」

「あんたは婿養子でしょう。先代の姑に信頼され、あんたが主導してマンション建設の計画をしたのでしょうが、ずっとマンション管理組合の理事長もしていた」

「私は何もしらないんだから」

五時間にも及んだ臨時総会を終え会議室の階段を下りると、カラスおっさんが声をかけてきた。

「わたし、武藤と申します。この度はご参加有難うございました」

カラス顔の武藤さんは長すぎる革のブレザーから手を出して私の手を強く握った。

武藤さんが問題提起をした人だという。

「どうも、川松です。問題が起きているのに無視するのは無責任かと思いまして、今回初めて出席しました」

「そうですかね、本当にありがとう」

私とカラスの武藤さんは新宿の雑踏をかき分けるようにして近くの飲み屋へ向かった。

後ろからウミ亀おっさんがついてきた。

「倉田です。私も武藤さんの檄文に刺激され、前回から出席しています」

倉田さんはヒョロリと背が高く、ワイシャツのボタンを上まで留めた、いかにも純朴なウミガメに見えた。

「相本です。私はマンションの住人です。定年退職して、今はビルの警備員してます」

サンダルをパタパタと響かせ、変に目を潤ませたカバ顔の相本さんが大きな体を折って挨拶《あいさつ》した。

私を含め四人とも六〇代後半だろうか。定年退職し年金生活を始めた世代か。

私は人の顔が動物などに見えてしまう病癖を持っている。誰かが何かに似ている程度の感覚は誰でも持つが、私の場合相手がウシに似ていると認識すると、完全にウシが前に出てきて話を始める。度が強すぎる感覚かもしれない。

ネズミ顔の心理カウンセラーは、メラビアンの法則の一種でしょうといって精神安定剤を出した。

脳が手抜きをしたがって情報処理を簡略化しているらしい。毎日脳を麻痺させるアルコールのせいかもしれない。

まあ生活に支障はないが、犬に似た人の前でお手と言ったりして怪訝がられることはある。

夜逃げ通り界隈

職安通りから大久保駅へ抜ける細い路地に飲み屋が連なる。この通りは、夜逃げ通りと呼ばれ、何故か飲食店が長続きしない。朝いつの間にか店が空っぽとなっていることは珍しくない。その中で珍しく長続きする飲み屋『逃げてたまるか』があった。

カラスの武藤さんは新築の時に新宿ロイヤルマンションを買った。勤めていた会社が資金提供した関係で購入したのだという。

「人気のマンションでしたね。今は貸しているけど、いずれ住むつもりです。場所がいいから、空室になったことがありません」

「私も新築時に購入しました、貸してますが、そのうち住むつもりでいます。老後はマンションのほうが便利ですから。このマンションはいい物件です、歩いて新宿へ行ける」

ウミガメ顔の倉田さんは相槌を打つ。

カバ顔の相本さんは一〇年ほど前に購入したという。奥さんと離婚して、今は九〇歳を超えた母親と暮らしている。

「立地場所が便利ですからね。仕事で帰宅が夜遅くなっても、新宿から歌舞伎町を通り抜ければ歩いて帰れますから、ロイヤルマンションは便利です」

私は五年ほど前に事務所として購入した。賃貸で毎月家賃を支払うのが馬鹿臭くなったためと、古くてもほぼ真四角の間取りが気に入った。地上権のため、近隣のマンションより割安なのも魅力だった。

「松岡は地元の名士です。商店街の会長を長く勤め、商工協会の理事でもある。不埒者はいないかと各フロアを巡って玄関へ出るのが松岡の日課です。そりゃあ横柄な態度ですよ。総会の時とは大違いだ」

潤んだ目で相本さんは三杯目のジョッキを飲みほした。マンションに住んでいるため、日ごろの情報はたくさん持っている。

「娘が二人と奥さんがいる。娘はこの間一人が亡くなった、もう一人は麻布に住んでいるらしい。奥さんは病弱でめったに顔を出さない、丁寧なあいさつをする上品な人です」

「あの松岡にはもったいない」

カラスおっさんが不満そうに言った。

「先代の松岡マツヨさんは、旦那が亡くなってから電気工事会社を切り盛りしてきた。そこへ現れたのが松岡だ。銀行の外回りで松岡電機の担当だった」

「土地持ちの金持ちだとヨイショしたんでしょうな」

「その通り、やすやすと婿養子にもぐりこんだ、もう五〇年も前。田舎の百姓のせがれが大出世」

相本さんの清報収集能力は素晴らしい。

「金が目当てだ」

「愛情もあったんでしょう、最初は」

「そんなものあるものか、かねだ金」

カラスのおっさんは決めつける。

「松岡は三〇歳前に松岡家の養子となった。四〇歳の時にこのマンションは完成した。つまり彼の働き盛りとマンションは重なる。新宿ロイヤルマンションとともに松岡は生きてきた」

何処で調べたのか相本さんは喋り続ける。

「田舎の高校出て大手銀行に就職した」

「大学出たって行員は使い捨て。一流大学の超エリートだけが出世コースを上り詰める。大手は何処も同じ。みんな使い捨て」

武藤さんは銀行の内部にも詳しい。

「なるほどねえ。婿殿には財産を守り殖やし続けるのが、与えられた使命だったのだね」

私も養子みたいなもんですと、首を伸ばし倉田さんは喉を鳴らしてビールを飲んだ。

カバ顔の相本さんは六五歳、カラスの武藤さんとウミガメの倉田さんは六八歳、私が六六歳だから、全員が前期高齢者だ。年金も支給される。団塊の世代としらけ世代だ。

「いいねえ、俺たちの名前を付けよう」

　相本さんは嬉しそうに言った。

「爺さん四人組は何か暗いですね」

「爺さんじゃありませんよ。私は他人に爺さんなどと呼ばせたことはない。気持ちは青年ですよ、私は」

　嚥下機能の弱い武藤さんはビールを飲んでせき込む。

「高齢者、お年寄り、老人と、どうして私たちの世代名はこんなに暗いのでしょうかね、シニアやシルバーもとってつけたような呼び方だ」

「おっさんはどうかなあ」

「おっさんとはもっと若い連中を指す言葉でしょうな。中年の四〇代とか」

「でも、私は気持ちは中年より若いですよ」

「老人や年寄りよりは、おっさんと呼ばれたほうがまだいいですね、どうですか熟年おっさんとか、超おっさんとか、元おっさんとかは」

「正義の味方熟年おっさん四銃士ってのはどうかな」

　相本さんが明るく笑った。

私は生温くなったビールを飲みながら、資料のあれこれを眺めまわしていた。

「どうもよくわからない。明日、法務局で調べてみます」

閉鎖された登記簿謄本や建物図面を法務局で調べないと、詳しいことが判らないと思った。

「何がですか」

「どうして増築されているのか、管理人室と駐車場が消えたのか。閉鎖謄本や閉鎖図面を見れば何かがわかると思います」

「川松さん、あなたは何かそういったお仕事を」

カラスの武藤さんが嬉しそうに訊ねてきた。

「司法書士しています、六〇一号室です。食えないので行政書士と、宅建業もしている」

「すごいですなあ。資格全部持ってるんですか」

「いや、一つの資格じゃ食えないから、いろいろやらないと。企業年金をもらえる皆さんがうらやましい」

「いやいや自営業はいいですよ、私は定年退職してから自分に価値を見出せないでいる」

カラスおっさんは大手商社の副社長まで上り詰めたそうだ。

「私も、人に会って話すのは病気と、お墓のことばかり」

経理一筋の倉田さんが自嘲気味に笑った。口からビールがこぼれた。

「俺は二人のように年金ないから警備員やって、あのマンションで暮らしている。久しぶりに、生きがいを感じてます」

「よかった、素晴らしい仲間が増えました。で明日は何を調べますか」

「まず、建築当初の建物がどういった状態だったか。法務局で図面と閉鎖謄本を調べ、時間があれば区役所で、建築確認書の写しも調べてみます。後、容積率ですね」

「そうなんですよ。駐車場にしてあったのは容積率をクリアするためでしょう」

武藤さんも調べているらしい。

第二章　法務局、区役所での調査
新たな疑惑の数々、盗み取られた管理人室と駐車場

新宿の法務局は大久保駅からほど近い雑踏の中にある。

小滝橋通りと大久保通りとの交差点を過ぎ、すぐに司法書士事務所に囲まれた法務局があった。

カラスの武藤さんと亀の倉田さんも一緒だった。

事務室の二階へ上がり、閉鎖登記簿閲覧を申請した。

移記や移行で閉鎖された登記簿は二〇年間法務局で保管される。

たっぷりと待たされ、倉庫から古びた和紙の登記簿綴りこみ帳が出てきた。

今は珍しくなったB判の和紙は黄色く変色している。和文タイプで印字された文字は縦書きで、コンピュータ化された現在の登記事項証明書と違って読みづらい。

新宿ロイヤルマンションの閉鎖登記簿は破棄されずに残っていた。

用紙をめくると、最初にマンション全体の表題部があった。

「これは、なんですか」

倉田さんが確認するように訊ねる。

「マンション全体の面積を各階ごとに記載しています」

「なるほど、玄関とか廊下部分は含まれているのですか」

「含まれてます。各階の専有部分の面積を引けば共用部分の面積ということになる」

カラスの武藤さんが答えた、今回の出来事でずいぶん知識を身につけたらしい。

「駐車場部分は建物に含まれるものですか」

「面積に含まれる場合と、そもそも建物部分ではない場合とがあります」

「一〇二号室はどうなってますか」

一〇二は【面積、一三・五〇㎡、居宅】として昭和五五年に最初の登記がある。

「一〇二の駐車場部分は、当初建物に含まれない部分だった、つまり共用部分、みんなのものです、一〇二の面積に含まれていない」

「この一〇二号室で居宅となっている部分はパンフレットで管理人室のところでしょう」

武藤さんが閉鎖の建物図面を見て声を上げる。

「そうです。なぜか登記では居宅となっている」

現在の新宿ロイヤルマンション一階は一〇一と一〇二の建物がある。一〇一は携帯電話会社が入居し一〇二は宅配取次店が作業場として使用している。

しかし当初の図面を見ると、一〇一は小さな事務所があるだけで、あとは建物ではない共用部分となっている。一〇二も奥に小さな部屋があり、居宅として記載があった。パンフレットでは管理人室とされているところだ。閉鎖登記簿にも一〇一、一〇二ともに所有者は松岡マツヨとある。

「パンフレットの管理人室が居宅として登記がされている。所有者は先代の松岡マツヨです」

「管理人室というのはマンションの共用部分でしょう。つまりみんなのためにある部屋だ。それがいつの間にか松岡個人の所有建物となっている」

「これは、建築会社とかが関与しなきゃできないことでしょう」

武藤さんが上目遣いに皆を眺めまわした。

「区分所有者には会議もできる広い管理人室があると説明しながら、いつの間にか地主の所有物となっていた」

「今の管理室はどうなんですか」

亀の倉田さんが首を振りながら尋ねた。

現在のロイヤルマンションには玄関を入ったところに小さな管理室がある。人一人と机でほぼいっぱいで、管理会社の管理人はいつも外に出ている。それで我々は管理人室ではなく管理室と呼んでいる。

「今の管理室は畳一枚分くらいのスペースしかありません。トイレも給湯設備もない。閉鎖された建物図面を見ると、一〇二の駐車場部分をえぐるようにして当初から管理室を作ってある」

「販売パンフレットにある管理人室とは別ですか」

「現在の管理室とパンフレットの管理人室は、まったく別物ですね、場所も大きさも違う。現在の管理室は玄関と同じ共用部分として登記されている、限りなく狭いスペースです。玄関からエレベータへ続く廊下がへこむ様に、管理室を不自然な形で作ってある」

「管理人がかわいそうだ」

相本さんは管理人と仲良しらしい。

「どういうことなんだ」

「川松さん、これは松岡が、本来共用部分である管理人室と駐車場を盗み取ったということですか」

武藤さんは慎重に小さな声で言った。

「図面から見ると、そういうことです。デベロッパーとの綿密な打ち合わせがあったようですね。パンフレットと物件概要書には管理人室と駐車場があると掲載しながら、登記の段階で自分所有の居宅とし、同時に狭小な管理室を共用部分にしつらえた」

私は、一〇二号室の登記がなぜ増築とされていたかが不思議だったが、そのことも登記に記録されてあった。

「これを見ると平成二年三月に一〇二号室は増築登記がされています。本来駐車場である部分を増築と称して一〇二に取り込んだのです。面積も一三・五〇㎡から六一・六一㎡に増えている」

「つまり増えた部分が駐車場の面積、四八・一一㎡ですか」

倉田さんが暗算で数字を出した。

「こんなことが、他の区分所有者の承諾なしにできることなのですか」

「共用部分の駐車場を別の所有権として登記するなら、区分所有者全員の承諾が必要でしょう。しかし、これは増築だ、一〇二の所有権が膨らんだだけで、新たな所有権が生まれたわけじゃない」

「実に巧妙だ」

「居宅とされた管理人室だってもともとはみんなの共用部分だ。増築なんてなかった。最初から駐車場部分の共用部分を盗み取るつもりだった。皆が気付かぬように、こっそりと駐車場の三方を囲い居宅部分の面積に飲み込んだ。法定共用部分を自分の専用部分とした、こうすれば、誰の承諾も必要なく自分の名義に登記ができる」

「実に卑劣だ。悪質だ」

武藤さんは声を震わせる。

法務局の事務員が怪訝な顔を向ける。

私たちはその足で新宿区役所へ向かった。

昭和五五年に新築されたマンション建築確認書の台帳記載事項証明は取得できたが、平成二年増築時の確認書は存在しなかった。

この地域の容積率はずっと前から六〇〇パーセントで現在も変更はない。

新宿ロイヤルマンションの床面積の合計は、増築前で二六二六・四〇㎡、敷地面積は道路部分を合わせて四四〇・七一㎡、延べ床面積と建物敷地の合計の割合が容積率だから、容積率はギリギリでクリアしていた。しかし昭和五八年増築後の延べ床面積は二六七四・五一㎡となり、六〇〇パーセントを超えている。つまり、現在居宅と登記された一〇二号室の駐車場部分は、容積率をオーバーした違反建築部分だ。

　松岡氏は法務局のマンション現場調査後に、吹き抜け状態だった共用部分の駐車場部分を囲い居宅の一部としたのだろう。その結果マンション全体が容積率オーバーの状態となった。

「松岡は容積率をクリアするために建物とされない吹き抜けの共用部分駐車場を作った。そして当初管理人室だった部分を松岡の所有物と登記し、そして一〇年後に駐車場部分まで自分の居宅として飲み込んだ。これは当初からの計画ですね」

「じゃ今は容積率違反の状態ですか」

「そうです。囲った元駐車場部分は容積率違反となる」

「じゃ、裁判で主張しましょう」

「いや、行政手続き違反だけで裁判はなかなか難しい。それに時効の壁がある」

「なんですか、それは」

「建物新築から松岡氏はなぜ、一〇年間も駐車場部分の増築登記を放っておいたと思いますか」

「わからない、どうしてだろう」

「時効ですよ、取得時効。新築登記は昭和五五年なのに、増築登記は一〇年後の平成二年、どうやらマンションを建ててすぐに駐車場と管理人室部分を松岡氏は占有した。そして一〇年待って増築登記をした。時効です、時効を主張すれば他人の物でも自分の物になる」

「なるほど、そういうわけか。それで、じっと辛抱して時間が経つのを待っていたんだ」

「他の区分所有者の承諾がいらない増築の登記で所有権を増やし、他からクレームがついたとしても一〇年の時効を主張するわけだ。悪質ですなあ」

「増築なんてもともとなかったのです。松岡氏が共用部分の駐車場に囲いを作り、居宅として一〇二号室の一部に飲み込んだ」

「そして新宿ロイヤルマンションは駐車場もなく、法律に違反する建物になってしまった」

「そういうことです」

夜逃げ通り夕暮れ

私たちは打ち合わせと称して再び『逃げてたまるか』へ向かった。

後からカバの相本さんも駆けつけた。ジョッキのビールが瞬く間に消えていく。

ウミガメ倉田さんがうんちく講義を始めた。

「時効という制度は大変問題です。なぜ時効があるのか。つまり権利の上に眠る者は法的保護に値しない、時間がたつと権利の立証が難しくなるからなど、の説がありま す。考えは国によって異なる。イギリスなどは、そもそも時効の概念がない。ご存知のようにナチスの犯罪には時効がない、最近日本では殺人にも時効がなくなった。つまり時効とは人間が勝手に作り上げた概念で、基本は善人を保護するためにある。悪人を保護するために時効制度が使われるならそれは法律が間違っている」

我々三人は倉田さんの博学にうんうんとうなずく。

「そもそも土地の所有権って何なのだろう」

相本さんが、倉田さんに尋ねた。

「日本はずっと二重の土地所有形態がありました。土地を所持する権利と土地を知行する権利とがあり、これらの権利が複雑に絡み合った」

「それが地上権と所有権なのかな」

「そうかもしれません。そして明治維新で、所有権の概念を無理やり法律で一つにした。さらに言えば、江戸時代まで土地は個人のものというよりも家の物でした。土地が質流れで他人へ所有権が移っても、元の所有者や相続人は元本を返せば土地を取り戻せた」

「買戻し特約付き売買ですな、昔は公団がそんな土地売買をした。あれは江戸時代の名残だったのか」

武藤さんはえだ豆をつまみながら頻りに感心する。

「道頓堀裁判という開削者の子孫から出された裁判が、江戸時代の土地所有権のありかたをめぐる裁判として有名です。それにどうやら所有権の概念は地方によって違いがあるらしい。それと農地と山林は別の概念、町と田舎も概念が違っていた」

「えらい複雑だ」

倉田さんの講義は続く。

「昭和三七年に成立した区分所有法という法律もおかしいですな。まったく使い勝手の悪い法律だ。条文見たって援用に次ぐ援用、法律を利用する側のことを何も考えちゃいない」

「不動産関係者の間でも評判の悪い法律です」

私は口をはさんだ。

「大きなマンションを想定していません。時代遅れとなっている」

「そもそも、管理組合理事長は善意の人だとの想定の下に出来上がっている」

「そして松岡みたいな輩が、自分の都合いいように法律を解釈する」

「人の物を盗み取っても金さえもうかりゃいい。そんな奴が組合理事長を続けていた、世の中どこまで堕ちていくのか」

倉田さんは講釈を終え、一気にビールを飲み干した。

第三章　再度の臨時総会
管理人室と駐車場の所有者は誰か、数々の違法行為

一か月後に臨時総会が同じ場所で開かれた。参加者はさらに増え二〇人を超えた。

「なぜ管理人室が居宅となっているのですか、今の管理室となぜ場所が違うのですか。駐車場が増築によってなぜ居宅に飲み込まれるのですか」

カラスの武藤さんが声を震わせて弾劾する。

「最初からマツヨの所有権と約束があったからです」

「パンフレットには管理人室、駐車場とある」

「わかりませんね、先代のやったことですから」

「なぜ一〇年後に増築の登記を出したのですか」

「わからない。最初からあの状態だった」

「時効ですな」

熊顔のおっさんが正面から松岡氏の梅干し顔を覗き込んだ。

我々と同様に、時効の問題を提起した。

「なんですか」

「善意の取得時効、一〇年待って登記したのですよ。盗人でも所有権を主張できるのが時効制度だ、まったく悪質だ」

「私は知らない」

「このロイヤルマンションは建築当初から仕組まれていたんだ。あんたは建築資金がないのに自己所有のマンションを建てようとした。そして、まるで自分が所有しているように振る舞い利益を増やしていった、住民の無関心をいいことに好き勝手をしてきたのだ」

「私は長年理事長を務めてきた。なり手がないからだ。私の功績を認めようとはしないのか」

「それとこれは別問題だ」

皆が勝手にしゃべりだし混乱した中で、倉田さんが新たな疑惑を松岡氏にぶつけた。

「松岡さんね、宅配取次店にあなたが貸してる一〇二号室、本来みんなの建物だが、あそこの電気代はどうなっていますか」

倉田さんが松岡氏を見つめていった。

「どうなってますかって、きちんと支払ってますよ、当然でしょう」

「私の訊いているのはね、電気は何処の電気を使っているか、何処に請求されているかということだ。私はね調べたんですよ、一〇二号室の電気は共用電気が使われているんです」

みんながあっと声を上げた。

「松岡博が所有すると称する一〇二号室、居宅の電気代がなぜ共用電気として、組合に請求されているんですか」

「違うんだ。あれは設計ミスでそうなったが、ちゃんと子メーターをつけて共用の電気から一〇二の電気代は別個に支払われています」

「馬鹿言うな、設計ミスとは何だ、一〇二が元々共用部分だった動かぬ証拠じゃないか」

「共用電気から一階部分の電気は盗まれていた」

「私は盗んでなんかいないよお」

「松岡さん、あんた一階の玄関部分に自販機二台置いてますね、あそこは法定共用部分だ、総会の了承を得たのですか」

「あれはメーカーの人が置かせてくれというから」

「自販機の電気は何処から引いているのですか。共用のコンセントからでしょう」

「ほかにコンセントがないからしょうがないんだよ。何なら自販機の利益を組合に差し上げてもいい」

「そういうことを言ってるんじゃないんだよ。勝手に共用の電気を盗んでおいて、見つかったから返すというのか。万引きしても金払えば済むのか」

熊のおっさんはほとんど吠えるように叫んだ。

「そうじゃないのだよう。私は一階部分は私の物だと思っていたから」

「話をごまかすな。共用の電気も自分の物だというのか。こじつけの上塗りじゃないか」

それ以外にもいくつもの疑惑が、武藤さんと倉田さんによって洗い出された。

「敷地の土地が、地上権設定後なぜか一部を分筆し計画道路部分と敷地とに分かれている。なぜですか」

「先代のやったことで判らない」

「私が教えてあげますよ。将来国に道路として収用されたときに、収用金を独り占めするためでしょう」

松岡氏は自分が所有する一、二、三階のクーラーのために、キュービクルから二〇〇ボルトの電源を供給していた。四階から上は通常の一〇〇ボルトを供給しているのだから、六〇〇〇ボルトの電圧を変換するためのキュービクルは不要である。にもかかわらず保守点検費も組合に請求し、挙げ句は東電の請求額に検針業務と称し一〇％を上乗せして組合に請求した。キュービクルの契約は松岡氏個人の名前で東電と行っていた。

「これはピンハネじゃないか。あんたがやってるのは検針業務のみだ、それが一〇％か。保守点検費も組合が支払っている、必要ないキュービクルのために」

自分が理事長となり、松岡氏は好き勝手を四〇年間行っていたのだ。

「これって、横領とか、背任ってやつじゃないのですか」

「あんたは違法行為の百貨店だ」

武藤さんが松岡氏を指さして弾劾した。

「そんなことないよう、私は知らないんだ、先代のやったことだから」

松岡氏は自ら理事長の職を辞し、役員は総入れ替えとなった。

私たち四人は新しい理事に選ばれた。

ウミガメの倉田さんが新理事長となり、我々は松岡氏追及の先頭に立った。

第四章　松岡氏の逆襲が始まった
証拠の隠滅、開き直る松岡氏

騒動はこれだけで終わらなかった。

松岡氏の弁護士からマンション管理組合に内容証明が届いた。

『冠省　当職らは松岡博を代理して以下の通り警告いたします』で始まる警告書には合同事務所なのか、内容証明一通のために弁護士の名前二〇名程が連記されている。よくある、弁護士事務所の脅しと威圧だ。

あれやこれやすべてを否定し、最後にこれ以上松岡を追い詰めると脅迫罪等で訴えるとあった。

「馬鹿臭い。松岡は開き直ったか」

「盗人猛々しいとは、まさにこのことですな」

「でも、松岡が言うように一〇一号室や一〇二号室は当初から松岡の所有としてマンション計画が進んでいたのかもしれない」

相本さんが不安な目を私たちに向けた。

「そんなことはない。だったらなぜ規約にきっちりとそのことを書かないんだ、パンフレットにも駐車場が描かれている。おかしいじゃないか」

カラスの武藤さんは唾を飛ばして吠え掛かる。

「そういった主張が松岡氏から出てくるでしょう。我々はその主張を崩さないといけない」

「どうやって」

「当初のことを知っている人を見つけるのです」

私は皆に提案した。

「デベロッパーの新宿開発株式会社はとうに倒産したという、もう四〇年も前です。関係者はいないでしょう」

「設計事務所はどうなんでしょうかね」

「よし調べてみましょう」

松岡氏の暗躍

「大変だ」

翌日の昼過ぎ、カバ顔の相本さんが鼻の穴を広げ、私の事務所に飛び込んできた。

「靴を脱いでから中へ入ってくださいよ」

「松岡が、やりやがった。電気回線を切ったんだ」

そういえば、停電があった。東京では珍しいことと思っていた。

「松岡がやったんだ。あいつは一〇二号室の電気を共用電気から引いていた。それが証拠になるのを恐れ、先に電気工事しやがった」

私は急いで玄関へ向かった。外国人の工事人と、松岡氏、そして管理会社の佐々木課長も来ていた。誰かが緊急通報したのだろう。

「これはどういうことなの」

相本さんは松岡氏の前に歩み寄って叫んだ。

「なぜ電気を切断した、みんな迷惑するじゃないか」

「皆さんに指摘され、早急に工事を行ったのです」

松岡氏は私たちと佐々木課長に挟まれ、言い訳を繰り返した。

説明によると共用部分配線から一〇二号室への電気配線を切断し、独自の専用メーターを取り付けたという。

中東系外国人の電気工事人は、宅配取次店へつながる配線がわからず、マンション全部の電源を落として特定したという。

まるで素人のようなやり方だ。電気技師は片言の日本語で話すのだが、さっぱり意味が通じない。黙っていると彼らはサンキューといって全員と握手しさっさと帰っていった。

停電の間、コンピュータは遮断され、すべての電気製品は使えなくなった。

「一時間停電すると仕事に差し障る。その旨を理事会なりに事前報告すべきだ。そしてみんなの許可を得てから行うべきでしょう」

「申し訳なかった。とにかく早くと思って工事をした」

「そういう問題ではない、みんなが迷惑する」

「申し訳なかった」

謝りはするが、少しも反省や後悔の気配はない。松岡氏はやるべくしてやったのだろう。

「証拠隠滅のためか。物的証拠を消し去ってしまうためだろう。あんたは見つからなければ何をやっても構わないと思っている。人に迷惑をかけても自分の利害を優先する」

後から駆け付けた武藤さんが私たちの思いを代弁してくれた。

「違いますよ。私は皆さんに指摘されたことを是正しただけです」

「あんたには建物がみんなのものだとの認識が、全くない!!」

さらに驚いたことに、現況を調べるために許可を得て入った一〇二号室、宅配取次店の内部には、インターネットと電話の主配線盤がむき出しの状態で設置されていた。

「あれはMDFです。このマンション全体の電話回線やインターネット回線を集中管理する基盤です」

武藤さんと一緒に駆け付けた倉田さんは、こういうことにも詳しかった。

「設置する場所がなかったんだよ」

松岡氏は弁明する。

「元々一〇二号室が共用部分だから設置されているのでしょう。あんたの主張するように一〇二が個人の所有なら、どうしてこんな場所にMDFがおかれているのだ」

「ネット回線が故障したときに修理もできない、一〇二はあんたが宅配取次店に賃貸している。休日に故障したら、部屋の中に入れないじゃないか」

相本さんが怒りで鼻を膨らませ松岡氏を怒鳴りつけた。

「めちゃくちゃだ！　人の迷惑も考えないのか、なんて奴だあんたは」

「佐々木さん、これでも一〇二号室が当初から松岡氏の所有だというのですか」

佐々木課長はよくわからないを繰り返す。

玄関で小一時間も言い逃れを繰り返し、松岡氏は三階の自宅へ戻り、佐々木課長も本社へ帰った。

倉田さんがちょっと来てくださいと、我々をエレベータ横の機械室へ誘った。

「私はね、マンションに詳しいのですが、ここに建物全体の電気ボックスがあります。先日私は管理人から鍵を借りて中を見ました。そして写真を撮ってあります」

手にした写真プリントには電気ボックスの内部が写っている。

「ここに各フロアの電源スイッチがあって、そこにラベルが貼ってあるでしょう。一階部分見てください」

写真には一階のスイッチの一つに、『駐車場電灯』と書かれた小さな手書きのラベルが貼られていた。

「駐車場があった証拠じゃないですか」

相本さんが嬉しそうに声を上げた。

「ところが」

そういって倉田さんはスイッチボックスを開いた。

駐車場のラベルは剝がされていた。そこに真新しい、一〇二とだけのラベルがあった。

「剝がされている」

「松岡ですよ、証拠の隠蔽を図った。彼は裁判までを視野に入れている。恐ろしい奴ですよ、あいつは。表面の化けの皮に惑わされてはいけない」

なるほど、ただのぼけ老人では考えられないことだ。おどおどとぼけたふりをしているが、松岡氏は恐るべき人ではあるまいか。その時私は漸くに松岡氏の本性が見えたような気がした。

数日してから相本さんがまた事務所へ飛び込んできた。

「川松さん、職安通りに面したマンション敷地に携帯電話会社の鉄骨看板が立っているよね」

松岡氏は一階一〇一号室を携帯電話会社に賃貸し、敷地に一〇メートルを超える鉄骨造の電飾看板を設置していた。携帯電話会社の要請があったのだろうが、松岡氏は毎月かなり高額の看板料を携帯電話会社から受け取っていたのだ。そこの土地はマンションの法定共用部分だった。電飾の電気も共用のものを使用していた。

「あれがね、ないんだ、いつの間にか撤去された」

私は相本さんと通りへ出た。確かに巨大な看板塔は跡形もなく消えていた。

「松岡の奴、また証拠隠滅を図りやがった」

マンション玄関口の自販機二台も撤去されてあった。


これはデベロッパーが松岡氏をけしかけて仕組んだものなのか、或いは管理会社が松岡氏をそそのかしたのか。

日本のマンション業界の構造そのものなのか？　かつてはどこのマンションも行っていたのか。或いは今も行われているのか？　地主が区分所有者の利益を掠め取ることはあたりまえのことなのか？

様々な思いが私の頭をよぎった。

なりすまし竜巻バアサンの来所

朝一番でドラゴン顔のオバサンが竜巻のように事務所へ現れた。

トイレの消臭剤に似た匂いの香水が、事務所に充満した。

「登記する事務所でしょ、マンションの移転登記してもらいたいの。急いでいるのよ」

　二日酔いの頭に、オバサンのダミ声がビブラートした。

「何か契約書はあるのですか」

「ないわよ、それも作ってよ、急いでるのよ」

　ドラゴンおばさんは、食いつく様に大きな口を開けて急ぐを連発する。

　真赤な原色のワンピースが、けなげに贅肉を押さえこんでいる。

「必要書類が揃わなければ登記申請できません」

「全部揃っているわよ、ほら」

　ドラゴンは事務所のテーブルに書類を放り投げた。

　確かに権利証や、印鑑証明が揃っている。

　私は改めて、権利証を開いた。

「新宿区百人町一丁目の新宿マンション、このマンションの移転登記ですね、ところであなたは？」

　じれったそうに女は権利証をむしり取った。真っ赤な口紅の唇が開いて喉の奥まで見える。

きつい香水の匂いに、私はくしゃみが出た。

「この権利証の所有者に山田一郎ってあるでしょ。私の旦那よ、私が新しいマンションの所有者、妻の山田登美子。私の住民票、旦那の権利証と印鑑証明書、評価証明書も全部揃っている。後は登記するだけ」

「なんでそんなに急いでいるのですか」

「余計なお世話よ、でも教えてあげるわ、もう買主が決まっているのよ。だから急ぐの」

「なるほど、まず契約書を作成しないといけませんね」

「簡単なのをね、急いでいるから」

嫌な予感がする。

経験上、急かされる仕事には何かがある。慎重に進めなければと思った。

「さてと、ご主人とはどのような約束をしましたか」

「だから、マンションを私に譲るのよ」

「登記の原因がないといけない」

「なんだっていいわよ、財産分与でどうなの」

「離婚なさったんですか？」

「これからするのよ」

「じゃあ、離婚なさってから財産分与の登記をしてください」

「じゃあ、売買でいいわよ。後で慰謝料から売買代金支払うから」

「わかりました。契約書を作りますので、今度ご亭主といらしてください」

「旦那、来てるわよ、ちょっとあんた」

女は、体をゆすりドアを開けると近所迷惑な雄たけびを上げた。

小柄な中年男が、どうもといって部屋に入ってきた。

どうやらドアの外で待っていたらしい。痩せて、狡猾そうな目を私に向けた。

おかしい。不自然だと思った。

「今、登記も出してもらうから、あんた、書類にサインしなさいね」

どう見ても旦那ではない。イタチに似た白髪頭の男は笑みを浮かべてうなずく。

場慣れしているらしい。

「山田一郎さんですね」

「ああそうです」

一瞬の間をおいて男は頷いた。上目遣いで私の様子をうかがう。

「何か身分証明のようなものはありますか」

「この人は免許証ないのよ、マイナンバーカードも、パスポートも持ってない」

「何か顔写真のある書類はありませんか」

男は困ったように女を見た。

女は真っ赤な唇を大きく広げた。飲み込まれるかもしれないと思った。

「だからないって言っているでしょ、かわりにこれが国民健康保険証、これが年金手帳、家に届いた郵便物や、夫名義の請求書なんかも持ってきたわ。これで本人確認は大丈夫でしょ。銀行でもこれで問題なかったんだから」

確かに、顔写真付きの証明がない場合は二種類以上の証明書で本人を確認しろと犯罪収益移転防止法等の通達がある。

女は事前に知識を得てきたらしい。

「わかりました。山田一郎さん、まずこの依頼書に署名押印をお願いします」

はいといって男は署名し、実印を押した。印鑑証明書と同じ印鑑だ。

「はい、ありがとうございます。次に委任状にも署名いただきますが、念のため山田さんご自分の生年月日教えてもらえますか」

私は印鑑証明書を持ちながら男に言った。

「エッ」

男の目が宙を見つめ、女に向かった。

「ちょっと待ってよね、本人なんだからそんな必要ないでしょ」

女は明らかに狼狽していた。

「念のためです。本人に成りすまして登記をする事件が増えているもので」

「失礼じゃない、疑うなんて」

「本人なら自分の生年月日覚えているものでしょう」

「いやあ、それはねえ」

男が何か言い訳しかけたが、

「もういい、あんた一度外へ出て待ってて」

女は男を追い出して少し気まずそうな顔を向けた。

「旦那は忙しくてこれなかったのよ、あれは私の弟よ」

「弟には見えませんが、どうして嘘をつくのですか」

「面倒だからよ、とにかく急いでるから。旦那からも委任を受けているの」

「本人の意思確認が出来なければ、登記はできません」

「だって権利証も印鑑証明もあるじゃないの、何が問題なの」

「夫婦なら、旦那の実印や権利証を持ち出すのはたやすいことだ、印鑑証明もとれてしまう」

「実印押せば二段の推定が働くんでしょ。実印押してるんだから、それでいいじゃないの」

なるほど、随分と前から計画し勉強も重ねたようだ。

「実印を押した書面は、本人の意思によって捺印され真正に成立した文書であると推定される、民事訴訟法二二八条の条文です。よくお調べになりましたね」

「当たり前よ。遊びじゃないんだから」

「法律が言っているのは、反論がなければ認めましょうということです。事実とは違う。あくまで推定は推定です」

「じゃどうすればいいの」

「山田一郎さんに電話をしてみます。それで本当に登記の意思があるのかを確認します」

女はため息をついて椅子に腰かけた。

「電話したって家にはいない、キャバクラの小娘と旅行中よ。離婚するんだからマンションを慰謝料にもらうの、問題ないでしょ」

「勝手にもらうわけにはいかない。所有者であるご主人が合意しなければだめです」

「マンション買うお金もほとんどあたしが出したのよ」

ドラゴンは開き直る様に私を睨んだ。火を噴くのではないかと一瞬たじろいだ。

「あんたに何がわかるっていうの。四〇年間あいつは私を小間使いか家政婦のように扱ったのよ。共働きで八百屋も町内一の大きさにした。そしたら今度は浮気三昧。もう怨みしか残っていない」

「だからと言って、マンションを勝手に自分の物にする理由にはならないでしょう。これは犯罪ですよ」

「あいつは私の人生を盗んだのよ、四〇年間もよ、マンションを取り返して何が悪いの。あんたはどっちの味方」

女はしばらく黙った。汗が流れるのか、目の周りがアイシャドーでタドンのようになった。

「私は何もできません。あの弟と称する詐欺師の片割れとお帰りください」

女は立ち上がりドアを開け、竜巻のように去っていった。

「ほら別の事務所へ行くわよ。こんな気取ったところはこちらから願いさげだ」

バタンとドアを閉め、女の叫び声が廊下に響いた。香水の匂いがいつまでも消えない。

私は疲れ切り、本日は休業とした。
どうにもエネルギーが涌いてこない。朝から酒でも飲むしかない。

第五章　さらに新たな疑惑の数々
松岡氏はマンション管理費等を半分しか支払っていない!!

経理畑四〇年の倉田さんが、管理会社保管の新宿ロイヤルマンション関係資料を調べ上げた。

三日間資料室へこもりきりだったそうだ。倉田さんから差し出されたリストには細かな数字が並んでいる。

「平成六年から今までの議事録や決算書を隅々まで調べ上げました。松岡の管理費・修繕積立金等の支払額がいつの間にか半減となっていることが判った。同じ区分所有者なのに、奴はずっと半分しか払っていなかった」

管理会社へ集まった我々四人は、松岡氏へ問いただす前に徹底的に過去を調べ上げることにした。

新宿ロイヤルマンションの管理費・修繕積立金は管理規約で各専有部分の床面積の割合により定められている。なのに新築当初の原始管理規約には、松岡氏の所有する建物のタイプだけ割合の記載がない。

平成六年の改正管理規約で初めて松岡氏の管理費・修繕積立金の割合額が記載されるが、専有床面積の割合で計算していくと、確かに管理費・修繕積立金等は半減されている。以後、この状態はずっと現在も続いている。

「まいったなア、これには気が付かなかった。松岡氏が理事長だからできたことですね」

「今度はこれが平成一一年度の総会議事録です」

倉田さんは付箋をつけたページを開いた。

平成一一年の定時総会議事録が管理会社に保管されてあった。

そこには第二号議案 管理規約改正案承認の件として、

『管理費・修繕積立金の額について、各区分所有者は「別表第四」により床面積の割合で負担する。但し、土地所有者の管理費・修繕積立金等については管理会社に委託以外の管理業務を実施していることを考慮し、二分の一に減額することを容認する』

とあった。

「なんですか、この管理会社に委託している以外の管理業務とは」

管理会社にこのことを質《ただ》した。

「松岡さんにはマンションの管理業務を実施してもらっています」

アヒルの佐々木課長は書類を読み上げた。

「なんですか、それは」

カラスの武藤さんは吠える。

「時間外のゴミ出しと緊急連絡業務です」

「ゴミ出しは管理人がやる仕事でしょう」

「松岡氏や従業員がゴミ置き場から道路わきまで運んだ業務です」

「馬鹿らしい、ほんの数メートルの距離じゃないか。それが換算すると月に三〇万円の仕事というのですか。だいたい、ゴミ出しも緊急連絡業務も管理会社の仕事だ、そのために警備会社に警備を任せているじゃないか。緊急時には二四時間体制で連絡がとれる。それが事実なら、管理費・修繕積立金を半減するのじゃなく管理会社へ請求すべきでしょ」

武藤さんが泡を吹いて叫ぶ。

佐々木課長は黙り込んだ。自分でも説明のつかないことと思っているのだろう。

「これはいつから始まったのか」

「管理規約の変更は平成一一年です」

「その前は」

「平成六年の議事録があります。その前は資料がない」

私たちは管理会社の資料室で、平成六年の議事録を探し出した。

平成六年四月の定時総会で、次のことが決められていた。

『管理規約付則第三条において、土地所有者が所有する管理室を管理組合に無料提供していることを考慮し、土地所有者の管理費・修繕積立金の二分の一の減額を容認するとあるが、容認し得ないとの意見が出され、以下の同意がなされ承認された』とある。

以下の同意とは、

『管理費・修繕積立金等は減額せずに支払うべきである。

ただし、二分の一の減額した差額を管理室の利用料とすることは容認する。

容認は次期総会までとし、その総会において再審議事項とする』

その後再審議はなかったという。

「要するに建築当初から地主の管理費・修繕積立金は半減されていたのですね。そして再審議がないから半減は認められた状態との理屈ですか」

私は佐々木課長に言った。

「半減どころか最初は払っていなかったんだ。だから原始規約には松岡の部屋の管理費や修繕積立金割合の記載がない」

武藤さんは間違いないと断言する。

「このマンションはずっとこう決められているそうです。私たちが管理を始めた平成二年の前からこういう扱いでした」

管理会社の佐々木課長はそう打ち明けた。

つまり、少なくとも平成二年からずっと、松岡氏は管理費・修繕積立金等を半分しか支払っていない。

武藤さんが納得いかないと課長を睨みつけた。

「なんですか、この管理室の無料提供とは」

「今現在あるあの畳一枚のスペースですか、トイレもない」

倉田さんが口をもぐもぐさせていった。何かが奥歯に挟まっているらしい。

「松岡さんに言わせると、先代のマツヨさんがあの管理室を組合に無料提供したそうです」

「管理人室はマンションになければならないものです。法律で決まっている。法定共用部分だ。先代のマツヨが無料提供とはどういうことだ」

　カラスの武藤さんは叫ぶ。

「今の管理室は、駐車場の一部をえぐるように造ってある。駐車場はもともと共用部分だったのだから、管理室も共用部分でしょうが」

　倉田さんがもっそりと言った。

「本来の管理人室は当初からあった。パンフレットにも記載されている。それを松岡は自分の所有物とした。そして同様に盗み取った駐車場の一部を管理室と称して無料提供したという。もともと駐車場の一部じゃないか。奴は二重に盗みを働いている。何処に無料提供の証拠があるのか」

　武藤さんは悔しそうに言葉を続ける。

「自分が理事長となり、好き勝手を行っていた。誰も気づかなかった、悔しいじゃないか」

「不思議だ、なぜなのか。平成六年以前から、松岡氏は管理室の無料提供を理由に管理費・修繕積立金等を半分しか支払っていない。それが平成一一年にどうして半減理由を管理業務委託へ変えたのでしょうか」

　私の疑問にうなずくと、武藤さんは佐々木課長へ向き直って言った。

「佐々木さん、管理会社のアドバイスでしょう。このままだと私たちは管理会社も訴えることになる」

佐々木さんは観念したように顔を上げると、資料から数枚の訴訟記録を取り出した。

「平成一一年に区分所有者の一人を松岡さんが訴えました。遠田さんという方です。管理費・修繕積立金等を半分しか納めなかったのです。遠田さんの抗弁書には松岡もやっているのだから私も半分しか払わないというものでした。この方はもう亡くなり相続人もマンションを処分されています」

「私たちの前に、松岡を糾弾する先駆者がいたのですねえ」

武藤さんは感慨深げに頷く。

「で、判決は」

「松岡氏が勝ちました。遠田さんは自分で訴訟を行い松岡氏は何人も弁護士を立てた。裁判の前から、勝敗は決まっていた」

「判決書を見せてください」

佐々木さんは頷き、書類の束を私に手渡した。

東京地裁で平成一一年二月一〇日原告松岡氏の勝訴が言い渡されていた。この裁判は控訴されたが、同年一〇月一三日に控訴は棄却された。素人の哀しさで、何の追加証拠も提出していないのだから、負けるのは必然だった。

私は判決書のコピーを家に持ち帰り読み直してみた。

『管理費・修繕積立金請求事件平成一一年二月一〇日口頭弁論終結

判決主文

被告は原告に対し金四五三一二〇円の金員及び支払済みまで年五分の割合による金員を支払え。訴訟費用は被告の負担とする。

この判決は仮に執行することができる』

判決内容は、要するに平成六年の総会決議の有効性を認めたものだった。

その後再審議の決議は行われていないのだから、半減は認められた状態なのだという。半減理由となった管理室の帰属に関しては何の審理も行われていない。

そもそも管理室は共用部分であると遠田さんが主張すれば、裁判の流れは変わったであろう。

松岡氏は裁判に勝ったものの、その部分が不安として残ったに違いない。或いは管理会社のアドバイスか。

ほかの所有者が管理室の帰属に再び疑問を抱き、管理人室や駐車場の消滅疑惑につながっていくのを恐れたのだろう。それで裁判が結審した平成一一年の定時総会で管理費・修繕積立金半減の理由を、管理室無償提供から委託以外の管理業務実施へ無理やりに変更した。

では、平成一一年の変更決議はなぜすんなりと組合員に認められたのか。もう一度議事録を調べてみた。

管理会社に委託している以外の管理業務を実施していることを考慮し、二分の一に減額することを容認するとあり、その是非を審議した形跡がない。半減理由が、それまでの管理室無料提供から委託以外の管理業務実施に変えられているのに、なぜなのか。決議には補足説明があった。

『二分の一に減額することについては従来通りです。何の変更もありません』と記載されている。

なるほどと私は思った。二分の一の結論に変更がないから文句を言うなということである。理由などどうでもいい、どうせ無関心な連中にバレはしまい。

マンション所有者はずいぶんと嘗められたものである。

地主を糾弾する四人のおっさんたちは燃えた。

「これは誰が考えても管理会社が主導している」

「それはわかりますが、今は管理会社を敵にしてはまずいでしょう」

「なぜですか」

「仮に松岡を訴えることになった場合、管理会社には証人となってもらうかもしれない。味方につけておかなければ厄介だ」

「そうですね、まずは松岡を糾弾することに集中すべきでしょう」

「そのあとに訴えるなり告発するなりすりゃいい」

倉田さんは極めて冷静だ。


どうやら松岡氏の管理人室・駐車場の盗み取りと、ごまかし管理費・修繕積立金半減は複雑に絡み合っているようだった。

再度理事会　松岡氏への追及、開き直り

「あんたは管理費・修繕積立金までごまかしているじゃないか、少なくとも数千万の被害が管理組合に出ている」

「だから、それは管理組合の理事長一人が組合の仕事をしているのだから半減でもい

いでしょうと、管理会社が言い出したのです」

「管理費等の半減額は月々およそ三〇万円以上になる。理事長に対し月三〇万円を超える報酬を与えるマンションなど、聞いたこともない。管理会社の佐々木さん、本当なのですか」

「管理会社としてはその様なことをアドバイスするわけがありません」

「あんたじゃないよ、当時の担当者がそういったんだ」

「管理会社が指導したとすれば大問題だね、国交省への告発ものだ。佐々木さん、会社としてどうなんですか」

「当時も今も、管理会社がそのような発言をすることはあり得ません」

「松岡さん、何か約束の文書でもあるのですか」

私は念のため訊いてみたのだが、

「前はあったと思ったが、いまはないね」

「最初からそんなものあるものか、馬鹿々々しい」

「佐々木課長、そういう違法行為の指示がなかったことを、会社名の文書で出してくれますね」

「もちろんです。会社の信用にかかわる」

松岡氏は立ち上がってカバンから何かを取り出した。

「私の管理費・修繕積立金半減支払いについては、実は裁判で認められているのですよ。これです、平成一一年の判決です」

松岡氏は我々が管理会社で閲覧した判決書を取り出してきた。

突然に見せられると戸惑ったかもしれないが、我々はすでにその判決書を通読してあった。

「この判決はもう知ってます。これはあなたが遠田さんを訴えたものでしょう。遠田さんはあなたが管理費・修繕積立金等を半分しか払わないから自分も半分しか払わないと主張した。裁判所はそれはだめですよといっただけです。あなたの半減を認めたわけではない。貴方の主張した管理室の無料提供までを審理したわけでもない。それにあなたは弁護士三人をつけ、遠田さんは本人訴訟だ。プロに勝つわけがない。判決は当事者にしか及ばないのはあなたも知っているでしょう」

「私はこういうものもあると、参考に述べたまでです」

松岡氏は、気落ちしたように椅子に腰かけた。

カラスの武藤さんは松岡氏の前に書類を広げた。

「いいですか。あんたの管理費・修繕積立金等半減は平成六年以前からだ、原始管理規約にはあなた所有の建物に関しての管理費・修繕積立金割合の記載もない、つまり平成六年以前は一銭も払っていなかった。地主は管理費や修繕積立金を支払わなくてもいいとの法律でもあるのですか」

武藤さんが泡を吹いて言葉を続ける。

「大体定時総会の資料もない。あんたは現在の管理会社がかかわるまでろくに総会も開いていなかったのでしょう。理事長と言いながら、理事会も開いていなかった」

「そんなことはないよ、議事録がないだけだ」

「あんたはこのマンションが建てられた当初から管理費・修繕積立金を一切払っていなかったんだ。平成二年に管理会社に忠告され、しぶしぶ半額を支払うことになった。以来今日まで、何の理由もなしに半額しか払っていない。理事長としての私の功績などと、よく言えたものだ。みんなのマンションを食い物にしているじゃないか」

倉田さんが松岡氏に計算書を突き付けた。

「最初からの減額分を計算してみました。軽く五〇〇〇万円を超えている。しかしそれではかわいそうだから、我々は時効成立前の一〇年間金二五〇〇万円の減額分を支払うことを要求します」

「そんなになりますか」

「あんたがピンハネした額だよ」

松岡氏は知らなかったを連発し、同時に二五〇〇万円を支払うと約束した。

しかし、それも嘘だった。また弁護士から二〇名連名の内容証明が届いた。

支払う責務は一切ないと、松岡氏はまたもやちゃぶ台をひっくり返した。


これが最後と、松岡氏を再度喫茶店へ呼び出した。来ないだろうと思った松岡氏は涼しい顔で現れた。

言い訳の数々を並べ、前回理事会での約束事をことごとく覆した。

「管理費・修繕積立金の時効は五年という説もあるそうだから、若干の支払いは検討します。支払い方法はまた決めるということで」

松岡氏は誰かにアドバイスされたらしい。前回の発言を覆した。

そのほかの言葉も悉く覆す。

「私が弁解の余地はないといったのは、仮に増築工事をしていたら弁解の余地はないといったのです。調べたら増築はしていなかった」

松岡氏はスラスラと言葉を続ける。

「もし皆さんの言うとおりであれば申し訳ないと謝罪したのであり、仮定で言ったにすぎません」

「あきれた人だ。とても人間同士の会話が成り立たない」

武藤さんは、奇妙な生き物でも見るように松岡氏を眺めた。

「話し合いではらちが明かない。約束事を文書にしましょう」

「この人は文書で言質取ったって、あれやこれやとうそをつく」

「同じことだ、人間の誠意といった言葉がこの人にはないんだ」

私の提案を無意味とみんなは思っていた。

「カエルの面に小便ってやつだ」

相本さんがうんざりした表情で、松岡氏の顔を覗き込んだ。

「あなたは前回の謝罪の言葉を全部否定するのですね」

私は松岡氏に訊いた。

「司法の判断に従います」

「裁判を提起するということですか」

「司法の判断に従います」

そう言い残して、梅干しは喫茶店を出ていった。

「あきれたものだ、こういう人間もいるのか」

倉田さんが虚ろな目を私たちに向けた。

「これは戦争だ、正義のための聖戦だ。覚悟を決めなきゃいけませんよ、皆さん！」

武藤さんの叫び声が、喫茶店の天井に反響した。

第六章　四人のおっさんたちは弁護士事務所を訪れた
正義を守るために奮起する!!

問題発覚から七か月が経過した。

これはもう裁判に訴えるしかないのでは、おっさんたちは頭を抱えた。

「このままでは松岡の独り勝ちになってしまいます」

「嘘も一〇〇回言い続けると本当になってしまうという、松岡はそれを現実におこなっているんだ」

倉田さんが長い首に載る頭を持ち上げ、皆を見まわした。

「決断しましょう、中途半端で逃げるわけにはいかない」

「そうだよね、このままでは敵前逃亡とおんなじだ」

「誰が逃亡などするものか、あの松岡を何とかしなければ。誰かが正しいことを叫ばなければ、この世は闇じゃないですか。これは戦いです、全面戦争だ!!」

カラスの武藤さんが悲鳴のような声を上げた。

赤坂合同法律事務所

知り合いに紹介された赤坂見附の弁護士事務所へ四人で押し掛けた。受付嬢に案内され、広い応接室で小一時間待った。

数人の弁護士を抱える法律事務所の蛙《かえる》に似た所長は高級そうなカシミヤのスーツに身を包み、神経麻痺のせいなのか、口をへの字に曲げている。

顔を合わせてすぐにへの字を開いた。

「正義の情熱だけでは戦えない。今まで、地主を訴えて途中で投げ出した当事者を何人も見ました」

こちらの本気度を確かめようとしているのか、弁護士はくぎを刺した。

「そいつらと一緒にしないでくださいよ。あんたたちこそ途中で逃げ出されちゃ困る!!」

大砲のように言葉を吐き出した武藤さんの剣幕に、老弁護士はあっけにとられたようだ。

そして一週間後に詳細な訴訟計画の書面を提出してきた。

武藤さんの大砲が弁護士の熱意に火をつけたらしい。

老弁護士と若い弁護士の二人が担当となり、作業は進められた。

スピッツに似た若い弁護士は無口だが優秀だった。こちらの主張をすぐに理解し、必要な書類を適切に取り揃えた。

訴訟の中心は半減した管理費・修繕積立金の請求、一〇一、一〇二共用部分の返還。多分裁判所は切り離しを要求するでしょうと言われたが、電気代や、キュービクルの問題もとりあえず訴訟にぶち込んだ。

敷地に勝手に看板を立て使用料を携帯電話会社から受け取っていた件。

勝手に物置を立て貸し出し、携帯電話会社から毎月の使用料を受け取っていた件。

室外機二四個を共用部分へ設置、携帯電話会社から毎月の使用料を受け取っていた件。

二階共用部分設置の袖看板使用料を徴収していた件。

自販機を勝手に設置し、共用の電気を使用しその利益を横取りした件。

これらの追加請求も訴訟に加えた

訴訟の提起

問題が発覚してから八か月後の令和三年一一月、管理費・修繕積立金等請求事件として東京地裁に訴状が提出された。

松岡氏に対する請求金額は一億六九〇〇万円に膨らんだ。貼用印紙も五三万円となった。おっさんたちはビビった。

訴状は三〇ページにも及び証拠は甲三〇号を超えた。

令和四年二月には相手方からの準備書面が提出された。これも書面は六六ページにわたり、証拠も乙四〇号を超えた。

どうやら物量作戦になるらしい。おっさんたちは資料の山に埋もれ、ため息をついた。相手方の弁護士も戸惑っているらしく、ほぼ松岡氏の主張をそのまま準備書面としていた。そして仮定的抗弁として時効を主張した。

「これは難しい裁判になるかもしれません」

スピッツ顔の若い弁護士は、私たちをエレベータまで見送りながら言った。

「あまりにも時間が経ちすぎている、それに決定的証拠がない。うまく仕組まれたようです」

「難しくなければあなたたちに頼みはしない。難しいからプロにたのんだのだ」

カラスの武藤さんが感情を抑えられずに金切り声を上げた。

「精一杯の努力はします。訴訟は長引くかも知れません、いろいろとご協力をお願いします」

「当然です。なんでもしますよ、正義のためなんだから」

武藤さんは我々を眺めまわして頷いた。

訴訟継続の日々

毎月弁護士事務所から裁判報告書が送られてきた。

組合が当事者として適格なのかとか、議事録が有効なのかといった細かなことが裁判で審理された報告書だった。

「いつになったら本丸の審理に入るんだ」

「相手方の作戦でしょう、当事者の適格がなければ裁判所は内容を審理することなく門前払いできる。議事録が無効でも同じです」

「なんてまだるっこいことをしているのか、これじゃ松岡をいつになっても追い込めない」

相本さんは身震いするように体をゆすった。肩に付いたフケが周りに散った。

「決定的な証拠がないんだ、それに時間が経ちすぎている。思い通りの判決を勝ち取ることは、かなり難しい」

何度も裁判を経験した倉田さんは自分へ言い聞かすように言った。

「難しくても徹底的に戦いますよ我々は。このままではいけないんだ絶対に」

武藤さんも自分に言い聞かせるようにつぶやき、コーヒーを飲み干しせき込んだ。

嚥下機能が低下している。

おっさんたちは裁判を有利に導くため、資料集めに奔走した。

「我々も何か協力しましょう」

「何をすればいいのか」

「資料をかき集めましょう。当時の契約書やら、物件説明書やら」

「写真にとっておこう、共用部分に出っ張った室外機や、物置、規約違反の看板などを」

アルバムの写真や、かって送られてきた組合からの文書などを探しまくった。

判例をネットで調べ弁護士へ持ち込んだ。

弁護士事務所には有難迷惑だったかもしれないが、私たちがこれほど懸命なのを知らしめるためにも意味があると思った。

証人になってもらえる人はいないか、過去にまで当たって探し回った。しかし何分古いことで、当時の関係者は見つからない。

大久保駅前の喫茶店

二日酔いの昼過ぎ、娘に呼び出され喫茶店で逢っていると、武藤さんと倉田さんと相本さんが揃って現れた。

打ち合わせがあると声をかけられたが、娘からの連絡があり断ったのだった。まさか同じ喫茶店で鉢合わせをするとは思わなかった。

相本さんが私と娘に気づき、驚いてしばらく固まった。

倉田さんと武藤さんも目を丸くして、凝視した。

「誤解をした目だから先に言っておきますが、私の娘ですよ」

三人はどうもと会釈し、娘も立ち上がって頭を下げた。

三人は当然のように隣の椅子に腰掛け、顔は向こうを見ているのに、全員の耳がこちらをうかがっている。六個の耳がレーダーのようにヒクヒクと動く。生きているようだ。

何あの人たちと訊かれ、マンションの経緯を手短に話した。

「で、なんで裁判になったわけ」

「正義感、かな」

「正義感だって、年考えたら」

「年は関係ないだろ」

「あるよ、年取ったらみんな打算でものが見えるのよ」

「お前にどうして年寄りの気持ちがわかるのだ――」

「つまらない喧嘩売らないでよ。人の気持ちなんてその人にしかわかりはしない。年寄の気持ちがわかるわけないわ。現象が見えるだけよ」

「お父さんは現象か」

「さあね、それだけのレベルにあるのか考えておくわ。今日もお酒臭いわよ」

「当たり前だ、酒飲んでぬかみそ臭かったら病気だろう」

「まったくもう」

「で、なんで呼び出したんだ」

「連絡よこさないからよ、何度もメールしたのに」

娘が三〇を過ぎてから何年たつのだろうか。いつの間にか親に意見をする年ごろになった。

娘の顔が二つに見える。シャックリが止まらない。今日はひどい二日酔いだ。やがて顔の一つが元妻に変わった。二人の顔になぜか動物はかぶってこない。

「お前はお母さんとそっくりだ。頑固で頭が良くて、いつもお父さんの意見に逆らう」

「ははは、それはお母さんの子供だからね」

娘は正面から私の顔を見据えた。

「元奥さんに逢わないの。まあどうでもいいけど、逢えなくなるかもしれないし」

どんなことあったか、知りたくもないけど。

「それを伝えに呼び出したのか」

「そう、お母さんが言ったわけじゃないの、私がそう思ったから」

「お母さんが、元夫に逢いたいって」

「口に出してなんか、死んでもいわない人じゃない、あなたの元奥さん」

「そうかな」

「そうよ、逢いなさいよ。あんたも逢いたいんでしょ」

私は自分の気持ちがよくわからなくなった。

何故かため息が出た。

「世の中、嫌なやつばかりだ、お前とお母さんを除いてはな」

「元妻でしょ」

またため息が出た。

「元妻に逢えば？　乳がんステージⅣだから、もういつ逢えるか」

「何といえば」

「なにもいわなくてもいいの、その顔を見せればいいの」

カラスと亀とカバがこちらを見ていた。目が合うと慌てて顔を逸らせた。

大久保通り　黄昏時

娘を駅まで送り、表通りへ歩き始めると相本さんが私の肩をたたいた。尾けてきたらしい。

「川松さん逢うべきだ、逢って詫びるべきだ」

「ちょっと待ってください、盗み聞きするのはしょうがないが、誤解をされては困る。どうして私が」

料金受取人払郵便

新宿局承認

2523

差出有効期間
2025年3月
31日まで
(切手不要)

郵便はがき

1 6 0-8 7 9 1

1 4 1

東京都新宿区新宿1－10－1

(株)文芸社

愛読者カード係 行

ふりがな お名前		明治　大正 昭和　平成　年生　歳	
ふりがな ご住所	□□□-□□□□	性別 男・女	
お電話 番　号	(書籍ご注文の際に必要です)	ご職業	
E-mail			
ご購読雑誌(複数可)		ご購読新聞 新聞	

最近読んでおもしろかった本や今後、とりあげてほしいテーマをお教えください。

ご自分の研究成果や経験、お考え等を出版してみたいというお気持ちはありますか。

ある　　ない　　内容・テーマ(　　　　　　　　　　)

現在完成した作品をお持ちですか。

ある　　ない　　ジャンル・原稿量(　　　　　　　　　　)

書　名			
お買上 書　店	都道　　　　　市区 府県　　　　　郡	書店名	書店
		ご購入日	年　　月　　日

本書をどこでお知りになりましたか?

1.書店店頭　2.知人にすすめられて　3.インターネット(サイト名　　　　　)

4.DMハガキ　5.広告、記事を見て(新聞、雑誌名　　　　　)

上の質問に関連して、ご購入の決め手となったのは?

1.タイトル　2.著者　3.内容　4.カバーデザイン　5.帯

その他ご自由にお書きください。

(　　　　　)

本書についてのご意見、ご感想をお聞かせください。

①内容について

②カバー、タイトル、帯について

弊社Webサイトからもご意見、ご感想をお寄せいただけます。

ご協力ありがとうございました。

※お寄せいただいたご意見、ご感想は新聞広告等で匿名にて使わせていただくことがあります。

※お客様の個人情報は、小社からの連絡のみに使用します。社外に提供することは一切ありません。

■書籍のご注文は、お近くの書店または、ブックサービス(0120-29-9625)、セブンネットショッピング(http://7net.omni7.jp/)にお申し込み下さい。

相本さんがカバの目を見開き、鼻を膨らませた。

「あんな素敵な娘の母親だ、あんたが悪いに決まっているじゃないか。逢わないならあんたは人でなしだ」

そういって立ち止まる二人のところへ行き、私を一瞥して、カラス・亀・カバの三人は肩を怒らせ歩き去った。

どうやら三人で勝手なドラマを作ってしまったようだ。

私はなぜ妻と別れたのだろうか。お互い相手ができたわけでも、嫌いになったわけでもなかった。

ただ、四〇年共に生き続け、最初は小さな違いだったのにいつの間にか、遠くの別の道を歩んでいるような寂寞感を感じた。少し別に暮らしたほうがいいと別居し、そのまま逢わなくなっていた。そして離婚届を提出した。

時間が止まったように、別れた時のことばかりが何度も頭の中に蘇った。

行きつけの店を何軒かはしごした。気分はすっきりすることがなかった。路地裏をさまよった。

中野の自宅へ帰るのが面倒になり夜の一二時過ぎ新宿ロイヤルマンションへ戻ると、大きな物体が玄関にもたれていた、相本さんだった。

相本さんは酔っぱらっていた。私の顔を見てにこりと笑った。

「いいねえ娘さんがいて。俺には肉親は母親しかいない」

「何もいいことなんてない。苦労が増えるばかり」

贅沢だよ。相本さんは白い息を吐いた。夜空がとても綺麗だった。

「老々介護。お母はもう一〇〇歳に近い。家で介護してる。施設は嫌だという。家で死にたいという。それほど好きなマイホームが松岡にしゃぶられていたかと思うと、憎しみさえ涌いてくる」

「お母さんは」

「ほとんど寝てるよ。もう長くはないと思う」

「お母さんは幸せじゃないか、息子に面倒見てもらえるんだから」

「せめてもの親孝行だ。迷惑ばかりかけたからね。俺の人生なんて失敗の連続さ、学校も就職も失敗した、嫁さんも起業も失敗と後悔の連続だ」

遠くから賑やかな笑い声が聞こえた。そういえば今日は週末の夜だった。

「母の介護をして、終わったら俺も死のうと思っているんだ。俺はぼけた母を生きがいにしているのさ、つまらない男だろ」
「そんなことはない、相本さん、そんなことは絶対にない」
「お母が死んだら、もう生きている必要がないからね」
「そんなことないですよ」
「生きる必要があるとは思えない」
「そんなことないって、絶対ないって」

第七章　裁判ぎりぎりの攻防、決定的な証拠がない正義に対する希望そして失望

提訴してから数か月が過ぎた。定期的に弁護士事務所から送られる裁判報告書は芳しくない内容のものばかりだった。

裁判はいつまでも続く。準備書面の出し合いは難癖のつけ合いに終始した。

管理人室と駐車場は法定共用部分だったと主張すれば、相手方は最初からアコーディオンカーテンで仕切られていたから専有部分だという。仮に共用部分だったとしても時効で取得したという。

管理費・修繕積立金半減は総会で認められたものだという。仮に認められなくても請求権は時効で消滅したと主張する。

キュービクル設置は皆の同意があったといい一〇%のピンハネについては適正業務と主張し、物置の設置や看板の設置については先代のやったことだと言い訳を繰り返す。

決定的な証拠がなく、時間が経ちすぎている。なぜもっと早く気付かなかったのか。

裁判で何が解決するのか、法の正義などそもそも存在するのか。

私たちは裁判制度に失望を感じ始めていた。

公民館無料相談会

今日はボランティアの相談会が公民館で開催される。

私は普段研修セミナーにも出席せず、せめてもの償いのつもりで無料法律・登記相談員をやっている。

九時早々に、ジンベイザメに似た水島お婆さんが相談に現れた。

息子に貸した金を返してもらいたいという。

「息子に二〇〇万円を貸しました。息子は大手の不動産会社へ勤めそのあと独立したのですが、事業に失敗し子供の学費も払えないと泣きついてきた。情けない話です、それで少しずつ貸し与えました。借用書ももらっています」

目をしばたかせ、折り畳み椅子に座るジンベイザメは少し沈黙した。

言うべきか迷っているのだろう。

「今は仕事も順調で大きな会社になったという。それで私も自分の老後を考えお金の返済をお願いしたのです。息子は実家に帰ってくるつもりはないという。息子の嫁が私と暮らすのは嫌だという。夫は一年前に亡くなりました。私は自分で老後の人生を考えなければいけない。そのためにはお金が必要です」

　お婆さんは一気に話した。

「ところが息子は、贈与として役所に申請したのだから今更返せないという。私には何のことかわからず悩んでいます」

　様々な思いがよぎるのだろうか、ジンベイザメはベージュの上着の袖先をつまみ、頻りにため息をついていた。

事務所での対応

　数日後しわくちゃのジンベイザメお婆さんと息子は、話し合いのため新宿ロイヤルマンションの私の事務所へ訪れた。

　鯰《なまず》と泥鰌《どじょう》を掛け合わせたような顔をしている。真っ白なブレザーにジーパン姿の息子は三〇代後半だろうか、既に腹回りは中年となっている。

　話していても視線があちこちへ動きあえて話を広げる。問題の焦点をぼかすために詐欺師まがいがよく使う手口だ。

変に甘えたような声で、泥鰌ナマズはジンベイザメに話しかけた。

「お母さんね、その件については解決済みなんですよ、役所へもそのようにして申告したのですよ」

「申告とは何のことですか」

私は二人の話の間に入って訊いてみた。

「見てくださいよこれ」

息子は私に書類の写しを手渡した。

それは税務署へ提出した相続時精算課税申告書の写しだった。

通常他人へ贈与すると累進課税で高額な贈与税が課されるが、一定の要件を満たした推定相続人等へは贈与しても課税されない。相続の時に相続税として課税される特例だった。息子はその申告をしたのだという。

「それで、これがどうかしましたか」

「どうかしましたかって、国が母から私への贈与を認めていることですよ、この書類は」

おやおやと思った。これはどうやら計画されているようだ。

税務署に申告するには書類を提出するだけで何の証拠書類も添付しない。申告をしたことで、息子はさも贈与があったような外形を整えようとしたのだろう。

「それは、ただあなたが単独で税務署へ申告しただけの書類ですよね」

「でもこうやって税務署が認めているじゃないですか」

「それは単にあなたが申告した報告書類であって、税務署が贈与を認めているわけじゃない」

「贈与されなかったというんですか」

「それはわかりません。ただあなたのお母さんが贈与じゃなくて貸しているだけと主張している。借用書もある。あなたの贈与を証明する契約書でもあるのですか」

「そんなものあるわけない、親子ですよ」

「親子なのにお母さんはあなたに贈与していないという。返してくれという、借用書もある」

「もういいですよ。だったら訴えてください」

泥鰌ナマズは椅子から立ち上がり、奇声を上げた。

「静かに話しましょう」

「だって、私の言うことを信じていないじゃないですか」

顔から汗が噴き出し、白いブレザーに垂れた。

「何か書類はありませんかと言っているのです、申告書は贈与があったことの証明になりません。お母さんの署名も押印もありませんよね。申告書は、あなたが税務署へ単独で提出した事後報告書でしかない」

「なんでこうなるんだよ、だから来たくなかったんだ」

息子はヒステリーのように怒鳴り始め、私と母親を散々に罵倒し事務所を出て行った。どうやら、想定とは違う方向へ話が進み、慌てているようだ。息子は税務申告書を提示すればすべてが認められると、甘い考えを持って事務所へ来たらしい
私はジンベイお婆さんにどうしますかと尋ねた。

「話し合いで解決しないのですから、裁判に訴えるしかありません」

「自分の息子ですよ、いいんですか」

「あんなの息子じゃない。もう今日で縁は切れました。私はとにかくこの先の老後のために、貸したお金を返してもらわなければならないのです」

私は調停申し立ての手伝いをすべく準備に入った。

笹塚にある息子の会社へ行ってみた。駅からほど近いワンルームマンションだった。入口はゴミだらけで管理は最悪のマンションだ。玄関の手すりに不動産屋がよく使

うキーボックスが数十個括りつけられている。これだけの空室があるということだ。仲介業者は現場の案内を手抜きし、入居希望者はキーボックスにあるカギで勝手に内部を見てくれという。

人気がなく手数料に結びつかないマンションによくみられる光景だった。仲介業者にも見捨てられたマンションだ。私は中へ入ることはやめた。何の進展も得られないだろう。汚いワンルームマンションはとても大会社の本社があるとは思われなかった。

一週間後、水島お婆さんから、裁判はやめると電話があった。

「やっぱりやめます。親が子供を訴えるなんてあってはならない」

「そうですか、水島さんの決めることですから」

「費用はお支払いします」

「いや何もやってませんから」

「悔しいんですよ、誰かに対してじゃないんですよ、自分自身に悔しいんですよ。年を取るとは、こんなにも辛いことなんですねえ」

水島婆さんは電話の向こうで何度もため息をついた。

私はなす術もなく、そのため息をただ電話の向こうに聞いていた。

つくづく因果な商売だと思う。表面は幸せだった親子の、心の裏側にある汚物を見せつけられたような気分になる。

土地家屋調査士の岡村さんは上機嫌

知り合いの土地家屋調査士事務所を訪ねてみた。

建物の表示登記や土地の分筆登記等はもっぱら調査士の仕事で、岡村さんはキャリア五〇年のベテランだ。荻窪の駅前に事務所はあった。

アザラシに似た岡村さんは気分の起伏が激しく、不機嫌な時は口もきかない。

「ああ、これはやってるねえ」

幸い今日は上機嫌だ。パイプの煙をくゆらし閉鎖された建物図面を見つめ、岡村さんは笑みを浮かべた。

「容積率を確保するために吹き抜けにして、法務局の検査が終わった後に囲いを作って独立した区分建物にする、昔はよくあった手口だ」

「管理人室と駐車場が消え、松岡氏の個人所有となっているのは、どう思いますか」

「これは明らかにおかしいね。居宅にするなら最初からパンフレットに記載すべきだ。

随分と不自然だね」

「なぜこんな登記をしたのでしょうか」

「途中から地主が駄々をこねたんだろうな、もう少しよこせとね。それでデベロッパーは困って管理人室を居宅にした、将来駐車場部分も渡す約束で。そんなところかな」

「区分所有者は何も知らないのに」

「昔はこうやって地主とデベロッパーがグルになって共用部分を私物化する事はあったそうだ、俺は経験ないけどね。ただ、これは悪質だね、普通ここまで露骨な真似はしないだろうが」

岡村先生は、閉鎖の図面を眺めまわす。

「この一〇二は明らかに共用部分だよ。ピロティ部分だ。当初の設計事務所にあたってみたかね」

「まだですが」

「当初の設計図面があるかもしれない。そうすれば管理人室か駐車場か居宅かはっきりするだろう」

私はもう一つの疑問を問いかけた。

「土地が地上権設定後に分筆されています。一一六五番一の土地と一一六五番一九の土地です」

「道路予定地だろ、第二次大戦前からの拡幅予定地だ。分筆したのは将来道路に収用されたときに収用金を独り占めするためだろう」

「建物の地上権はこの道路部分に及んでいるのでしょうか」

「区分所有法にあるみなし敷地だ。建物を建てた後に分筆しても、その土地は敷地とみなされる。区分所有法第五条にちゃんと記載されている」

「敷地として使用権があると」

「当然だ。しかも地上権を設定してから分筆したのだ。道路部分に地上権が及ぶのは間違いない。一一六五番一九の土地は地上権の登記をしていないだけで、当然に地上権が設定されている。しかし、悪質だねえ、よくこれだけ悪知恵を駆使したものだ」

アザラシ顔の先生は頻りに感心する。

「岡村先生、今日は上機嫌ですね」

「うん、巨人が三連敗でね、もう嬉しくて」

そういってパイプの煙を私に吹きかけた。

突然に松岡氏の来訪　何が目的だ

事務所へ戻ると松岡氏がマンションの玄関前にたたずんでいた。

「この間はどうも、お手数おかけしまして」

地面に顔がつくくらいのお辞儀を、梅干しは何度も繰り返した。

私は軽く会釈し、六階の事務所へ向かったのだが、後ろから松岡氏が尾いてくる。

「お話があるのです」

そういって私の後から事務所の中へ入りこんだ。訴訟中に相手方を部屋の中へ入れるのはどうかと思ったが、松岡氏はもう中へ入りこみソファへ腰かけている。

何のために私のところへ訪れたのかわからなかった。

梅干し顔の中で落ち着かなく目を動かし、松岡氏は話し出した。

「私はこのマンションが建ち上がってから四〇年間理事長をしてきました。役員には誰もなり手がなく、私がこのマンションを切り盛りしてきました。下水が破裂したときは私一人でてんてこ舞いをした。酔っ払いが非常階段で漏らしても他の住民は何もしない。私が後始末をしたのです」

「松岡さん、そのことは私たちも認めています、しかし、それと一〇二号室の侵奪や管理費・修繕積立金の半減未払いとは問題が違う」

「このマンションは建築当初大変な人気でした。先代のマツヨもとても喜んでいた。住んでくれた人たちも喜んでいた。何の問題もなくいままできたのです。武藤さんが騒ぎださなければ、みんな静かに暮らしていたんだから」

「そういう問題じゃないです」

「どうしてですか、今まで誰も文句なんて言わなかったんだから、みんな満足してたってことじゃないですか」

松岡氏は持論を繰り出してきた。

「これは正義の問題です」

「正義といったって、私の正義もあれば、理事の皆さんの正義もある」

「そんなことはない、正義は一つですよ」

「そのために理事の皆さんは頑張っているんですか。何の得にもならないのに」

「そうです、あなたとは違う」

「私も皆さんの幸せのためを思っているのですがなあ、皆さんの幸せが私は正義だと思います。川松さんはそうは思いませんか」

私は一瞬考えが揺らいだ。当たり前と思っていた正義とは、そもそも何なのか、正義はそれほどに大事なものなのか、安寧や幸福よりも正義は優先されるべきものなのか。

確かに、私たち理事はそれほど深く考えず行動しているのかもしれない。

それに比べ松岡氏の考えの根幹は利益を追求することで、強固な信念になっている。松岡氏の理屈では、私たちの行動が理解できないかもしれない。

これ以上話しても無意味と感じた。いまさら青臭い議論をしても時間が無駄になるだけだ。

「飛ぶ鳥跡を濁さずというでしょう。今まで人に後ろ指さされることなく生きてきた。この先も、そうありたいと私は思うんです。損得でこの先を生きたくはない」

「それは私も同じですな」

どうも松岡氏には通じない。

証拠隠滅のことを訊いてみた。

「電話回線の切断はなぜしたのですか」

「みんなのためを思ってです」

「広告塔の切断撤去、スイッチラベルの貼りかえ、すべて裁判のためですか」

「とんでもない。私は皆さんに指摘されたことを、一つ一つ是正しているに過ぎない。

私は何とか穏便に解決したい。争いごとにしたくなかった。裁判を終わらせ、裁判外で和解をしたい」

「この間司法の判断を仰ぐと繰り返していたのは、あなたじゃないですか」

「本心じゃありません。あの場を逃れたいために言った言葉です」

「松岡さん、和解とはお互いが譲り合うことです。自分の主張を一〇〇％叶えることはあり得ない」

「いや私は譲るつもりはない。私の主張は一〇〇％認めてもらいます」

この人は何を言い出すのだろうか、言っている意味がわかっているのだろうか。

「それじゃ和解にならないでしょう」

「いや私は和解したい、話し合いで解決したい」

どういった精神構造なのか、私は松岡氏の顔を覗き込んだ。

真剣にそう思っているらしい。

この人は馬鹿なのか、あるいはとんでもなく賢い人なのか。

何のために訪れたのか、私を説得できるとでも思ったのだろうか。

夕方、娘から電話があった。

「だいぶん、状態が悪くなっているみたいよ、どうするの逢わないの？」

切羽詰まった言葉遣いが、どこか私を責める風にきこえた。

酔った頭の中に、銭函の海岸が広がった。強烈な潮の香りと砂を洗う波の音が周りを包んだ。妻の笑顔が、子供のようだった。

名前が面白いから行こうと言い出したのは妻だった。北海道の小樽まで出かけ、海岸沿いの屋台でサザエのつぼ焼きを食べ、その日に帰ってきた。なぜ思い出したのだろうか。

「あっ、今起きたみたい、電話切るね」

楽しかった思い出と嫌な思い出とが交互によみがえった。

言い争いばかりだった。言葉のひとつひとつが嫌味に聞こえた。そのころ、私は闇の中にいた。部屋も明かりも自分自身も、すべてのものが信じられぬ速度で落下していく幻想が続いた。アルコールのせいだろう、あるいは老いのせいか。神経が弱っていたのだろう。

生きる目的が見いだせないでいた。生きるために目的が必要と勘違いするほどに老いていた。私はいったい何者なのか、年寄りが若者のような言葉を吐いた。

私は別居を申し出た。今思えば身勝手な話だ。自分の中で、老いた肉体と精神を整理することができず、他人に当たり散らした。

横沢設計事務所　当時を知る生き証人

四人がくたびれ始めているころ組合に朗報が舞い込んだ。

マンション新築当時の設計事務所から文書が送付されてきた。当時の設計士は健在だった。建築当初の状況に関して話してもいいという。

銀座のはずれにある横沢設計事務所は、崩れかけた古いビルの二階にあった。きしむドアを開けると、年老いたヤギが不思議そうに私たちを眺めまわした。

「新宿ロイヤルマンションの方？」

「そうです、理事会のメンバーです」

「驚いたね、もっと若い人たちだと思っていた。年寄りばかりだ」

九〇歳を超えたかと思われる設計士さんは、私たちを爺呼ばわりした。

「いやね、誉め言葉ですよ、こうやって金にもならないことに奔走する情熱は素晴らしい」

複雑な気分で私たちはヤギ髭を蓄える横沢さんの話を聞いた。

「もう四〇年も前になるでしょう。でも、あのマンションのことはよく覚えていますよ。もともとマンション建設の話は私の会社が松岡博氏に持ち掛けたものでした。とにかく場所がいい。最初は話が順調に進んだけれど、すぐに行き詰まった」

「なぜですか」

「金ですよ、松岡氏には建築資金がない。で等価交換方式を勧めた、土地の持ち分を区分所有者に渡しマンションの部屋を持つ。建築資金は土地の持ち分と交換した金で支払われる」

「でも実際は地上権だ」

「そう、松岡博氏は土地の所有権にこだわった。将来相続した時に、土地の所有権が丸々ほしかったのでしょうな」

「で、地上権をつけた」

「そうです。あまり意味がないと説明したのですが、どうしても所有権にこだわった。当面の金を確保するため、ファイナンス会社から融資を受け、デベロッパーも関係会社に変更となった。それ以後私は設計士としてしか松岡さんとは接していない」

記憶をたどる様に、横沢さんは目をつぶって話し続けた。

「ただ悪い噂は聞こえてきましたよ。とにかく強引だと、法律に反してでも自分の建物面積を増やせと、契約解除をちらつかせ要求してきたという。新宿開発会社の社員がよくぼやいていました。それで覚えている。私も法律違反にはならぬように気を付けた」

話すごとに記憶が蘇ってきたようだ。

「松岡氏が私に直接要求することはなく、いつも新宿開発会社からの注文でした。無理なことは突っ返した、自分の部屋だけ面積を増やせとか、仕様を変えろとか。でも、途中から設計事務所を変えるのは不可能だから、松岡氏は最後まで私の設計に従った」

「一〇一と一〇二は共用部分ですよね」

武藤さんが確認するように言った。

「一〇二の管理人室と駐車場は共用部分として設計しました。そのことは、管理会社に文書で提出しています。一〇一も同じですが松岡氏に専用使用権を与えると、デベロッパーと約束があったようです。でも一〇二は完全に共用部分で、区分所有者全員のための管理人室と駐車場として設計された、これは間違いない」

「ところが、登記されたときには松岡マツヨ所有の居宅となっていました。さらに駐車場は消滅し、増築として一〇二号室は面積が増えた」

「建物の引き渡し後にどうなったか私は知りません。しかし建築当初管理人室と駐車場が共用部分であったことは間違いありません」

「共用部分を個人の専用部分に変更するには、区分所有者全員の承諾が必要ですよね」

「当然です。共用部分がなくなれば他の所有者が不利益を被ることになる」

武藤さんが頭を下げていった。

「裁判で証言していただけますか」

「ああいいですよ、本当のことなのだから」

「ありがとうございます。設計士先生に感謝します」

武藤さんは何度も頭を下げ横沢さんの手を握りしめた、感激で涙ぐんでしまった。

「人間の欲とは限りのないものですな、あるいは長生きが人の良心を曇らせてしまうのか」

横沢設計士は腰を曲げながら、玄関まで見送ってくれた。

おっさんたちは喜んだ。当初の生き証人が見つかったのだ。

マンション建設は土地の所有者とデベロッパーと設計士の三者協議で進められたものだ。当初からかかわった設計士が証言してくれれば、最初の本当のことがわかるに違いない。

これは決定的な証拠になるかもしれない。証人として出廷してくれれば影響は大きい。

第八章　東京地方裁判所 裁判の開始
裁判で何が解明されるのか、法の正義とは

訴訟提起から一年が過ぎた。
地下鉄「霞ケ関駅」の改札を抜け、階段を上り人の行列とともに東京地裁へ向かった。
荷物検査の列に並び一階の控室で我々は待ち合わせた。
今日は原告側の証人として武藤さんが証言台に立つ。
弁護士と簡単な打ち合わせを行い、武藤さんは一緒に別室へ向かった。
開廷時間となった。私と倉田さんと相本さんは揃って傍聴席へ入った。
裁判官が三人席に座り、われわれも着席した。
書記官が開廷の旨を告げ、裁判は始まった。
と、そのとたん書記官は文庫本を広げ読書を始める。

やがて裁判は厳かに進むはずだったが、今度は右側の裁判官が居眠りを始めた。ものの五分も経たぬうちに若い裁判官は完全に寝入った。

相本さんが口を開けて私を見た。

法廷に気まずい空気が流れた。

「おかしいじゃないですか裁判官、若いあの裁判官は居眠りをしている。書記官は開廷宣言したらすぐに読書だ」

相本さんが立ち上がって叫んだ。

「傍聴人は静かに」

年配の主任裁判官が困った顔で制した。

「でも、こんな大事なことなのに」

「傍聴人、今度発言すると法廷侮辱罪になりますよ」

主任裁判官は厳かに宣言した。

若い裁判官は眠りから覚め書記官は本来の業務に戻った。

「裁判所には各々に独立裁量権があって、他の裁判官に指示や命令はできないのです。困った伝統です」

若いスピッツ弁護士は気まずそうにいい訳をした。

我々にとっては一生に一度の出来事でも、裁判官には日常の一コマなのだろう。わからなくはないが、なんとも気が滅入る。神聖な気持ちを侮辱されたような気がしたのかもしれない。

証人尋問

「宣誓 良心に従って真実を述べ、何事も隠さず、偽りを述べないことを誓います」

この宣誓書っていったい誰に誓っているんだい、意味がないじゃないか。

相本さんのつぶやきに、

「本来は神に誓うのでしょうが、この宣誓書も西洋からの借りものですな」

倉田さんが耳元でささやく。

武藤さんの前に、証人台には管理会社の佐々木課長が立った。

金魚に似た相手方弁護士は総会の決議について執拗な質問を繰り返した。

松岡氏が三分の一の議決権を持っているために組合総会は定足数が拮抗し、最後は議長裁定で可決した。そこのところを相手方弁護士は突いてくる。訴訟提起の総会決議は無効ではないのかと。本題の前に決議の無効で門前払いしようとの作戦だ。

「あなた、反対の意思を表示した所有者に対し、電話で確認したというが、中立性を欠くとは思わないんですか」

「議案に全部反対していましたので、明らかに区分所有者に有利なものです。勘違いがあるかもしれないと。区分所有者の利益のためです」

「あなたが心配する必要が法的にあるのですか。なんで勝手にそんなことするんですか」

　金魚は目をむいて唾を飛ばす。

　証人を混乱させ、被告の主張を有利に導こうとしている。

　佐々木課長はしどろもどろになりながらなんとか証言を終えた。


　次に武藤さんが証人台に立った。

　相手方弁護士は敵意をむき出す。

「票の可否を何の権限があってあなたは知ったのですか」

　武藤さんはすべてを反対してきた組合員に、佐々木課長とともに再検討のお願いの電話をしていた。

「大変重要な案件なので再検討をお願いしました。内容を見ずに反対に○をつけてくる組合員もいるし」

「理事の職務として越権行為ではないか、そうは考えなかったのですか」

「地主の松岡氏が区分所有者に反対してくれと要請している事実を知りました。このままでは大変なことになると」

「私の質問になぜ答えないのか」

「理事には組合員の利益を守る義務があります」

「私の質問に答えないのですね、もう結構。だいたい反対することに理由なんているんですか」

「精査してくれるようお願いしました」

「質問には答えないのですね」

相手方弁護士は証拠の陳述書を手にして質問を続けた。

「あなたから電話をもらった区分所有者の田崎さんから、陳述書が提出された。議案の賛成を執拗に迫られたと述べている」

田崎さんは松岡氏の古くからの友人だという。それで松岡氏の懇願に応じ反対票を投じた。本意なのかと武藤さんが電話した。板挟みで悩んでいた。

良識のある人らしく、どう考えても理事会の主張が正しいと武藤さんに電話で告げた。

結局田崎さんは反対票を撤回し棄権した。

「田崎さんはむしろ裏切られた思いではないかと思います」

「田崎さんからは、反対のことを述べた陳述書が提出されている」

「私は本当に田崎さんが書いたものか、疑問に思っております」

ドキッとしたが、相手方弁護士はそれ以上話を続けなかった。

どうやら武藤さんの指摘は正しかったのかもしれない。

時間を空けて午後から松岡氏への証人尋問が始まった。

自分の弁護人からの質問に松岡氏は都合の良い返答を続ける。

「総会では大きな声で怒鳴りつけられました、マンション管理士の鳥岡さんにも来ていただいたのに出席を拒まれ、私一人が矢面でした」

松岡氏は二度目の臨時総会のことを言っている。突然に管理士を総会に同席させ、意見を聞いてくれと言い出した。

しかしマンション管理規約には、区分所有者以外の者を総会に出席させるには事前に理事会に書面で申し出をせよと書かれている。そのことを理由に出席を拒んだのだが、松岡氏は都合の悪いことは一切省略する。

「弁解の余地はないといったのは、何回言っても同じことの繰り返しですから、もう弁解の余地はない、もう私から申し上げることはないと、そういう意味です」

総会議事録の記録をあっさりと否定する。

「携帯電話会社は騒動を嫌いテナントから出ていきました」

これも嘘で撤退は前年から決まっていたことだった。

組合側原告弁護士からの反対尋問が始まった。

「総会議事録にあなたは署名していますよね、理事長を退任したときです。署名する前に内容見てますよね」

「いえ、当日でですね」

「見たのか見てないのか答えてください」

「まずここに署名してくれって言ってくるんです。それで後から、これは作られるってことで」

「内容見てるんですね」

「見てません」

「見てないの」

「見てないってね、出席したことのもとで判を押してくれと」

「見てないけど署名をした？」

　里芋に似た主任裁判官がいらだった様子で質問をした。

「書かれる前に署名をしたとおっしゃってるわけ？」

「これは当日、ハンコを押してくれというんで、当日確か押したと思いますよ」

「中身見ないであなたは署名したんですか」

「どうかな」

　裁判官はうんざりといった表情で質問を終わらせた。

　再び組合側弁護士の反対尋問が始まった。

「議事録に出席者理事長って書いてありますが、これはあなたですか」

「そうです。私が理事長でした」

「ここに何と書いてありますか」

「増築部分は取り壊すと書いてあります」

「これはあなたの発言ですね、あなた先ほど増築はしていないと発言した」

「私は、もし増築しているならば取り壊しますよ。そういう意味で申し上げたのです、はい」

松岡氏はのらりくらりと自らの証言をはぐらかした。証人尋問は決定打にはならなかった。

期待していた横沢設計士は高齢のため体調を崩し、結局陳述書を提出したにとどまり、証人台には立つことがなかった。横沢設計士の陳述書も、その後にデベロッパーとの約束があったと主張され、裁判はまたもや闇の中へ引きずられていった。

四〇年前の真実など、裁判ではもはや大した意味をなさないのかもしれない。

私たち四人は疲れ切った体を引きずり、地下鉄ホームへ続く階段を下った。

さらなる証拠を探すおっさんたち

私と倉田さんは新宿にある関東電気保安協会を訪れた。

キュービクルの契約は関東電気保安協会と松岡氏で行われていた。マンションの新しい理事であることを告げ、今までの資料を閲覧した。契約も松岡氏から管理組合へと変更した。これで松岡氏は一〇%の上乗せができなくなる。松岡氏が勝手に取り付けたキュービクルを撤去するのは当たり前なのだが、撤去には数百万円の費用がかかる。裁判に持ち込めば松岡氏に請求できるが、これ以上争点を増やすのは、得策ではないと私も倉田さんも思った。

保安協会で、裁判に使えるような決定的証拠は見つけられなかった。

午後から新宿ロイヤルマンションへ向かい、一階部分を調べた。松岡氏が建築当初からシャッターが設置されていたと主張するため、シャッターの跡があるかを調べた。松岡氏が、独立した建物であれば法定共用部分ではないと主張を変えたためだ。しかし、シャッターを取り付けた跡は何処にもない。当初の横沢設計士の図面にもなかった。駐車場を盗み取ったことに何とか言い訳を探そうと、松岡氏も必死なのだろう。写真を撮って弁護士へ証拠として提出してもらうことにした。

夕方から区分所有者の今泉氏に会うこととなった。

現在の理事に会いたいと申し出があったためだ。都合の付く私と理事長の倉田さんが面会した。

「裁判の進捗はどんなものですか、定期的に理事会報告書を送っていただいているが詳しいことがわからない」

モグラ顔の今泉氏は、新宿ロイヤルマンションの九〇二号室で税理士事務所を開いている。

彼はマンション建築当初から松岡氏とともに組合役員を続けていた。今回の総会にすべて反対票を投じた人物だ。長年松岡氏の税務を任されているらしい。

松岡氏からの指示で我々の内部動向を探るつもりなのかと思ったが、彼もマンション管理組合員の一人であることに変わりはない。私たちは組合員に説明する義務がある。

「大筋は報告書に記載されているとおりです。裁判がどうなっていくのかまるで分からない状態です。松岡氏からはお聞きになっていませんか」

私は軽く探りを入れた。

「いやいや、もう松岡とは会っていません。争いの起こった時からです」

「税務を担当していたとか」

「もう辞めました、彼とはかかわりたくない」

倉田さんが口を開いた。

「松岡理事長のもとでの理事会はどんなだったのですか」

「そりゃもう、和気あいあいと穏やかなものでした。難しい話し合いをした記憶もない。町内会の寄り合いのようだった。役員で年に何度も旅行へ行きました」

その話は相本さんからも聞いていた。

小型バスを玄関に横付けするのを何度も見かけたという。旅行費用は組合の金だとも言った。

「だからねえ、なんでこんな風になってしまったのか」

「組合員の皆さんは松岡氏に騙されたとの気持ちはないのですか。建物の三分の一を所有する彼の管理費未払いによってマンションの修繕費は大幅に不足している。今後排水管の工事や外壁の塗り替え、大規模修繕と、修繕費が足りず大赤字になってしまう」

「それはこまるけど、何も裁判までしなくても」

「司法の判断を仰ぐといったのは松岡氏です。彼は一切の話し合いに応じなかった」

「長くなるのですか裁判は」

「我々にもわかりません」

「今後、かつての理事会役員の責任にもおよびますか」

どうやら、今泉氏はそれが気がかりだったらしい
「それはわかりません。裁判がどういった方向へ行くのか」

私が答えると、倉田さんが言葉を続けた。

「元理事の責任に関しては、弁護士へ問い合わせておきます」

今泉氏は突然に立ち上がり声を荒げた。

「そんな余計なことをするな。俺には何の責任もない、松岡を徹底的に追及すりゃいいじゃないか。何のためだ、皆が迷惑するじゃないか」

体を震わせ怒りを露わし、今泉氏はすごい剣幕で帰っていった。


私と倉田さんは疲れて喫茶店から出る気にもならなかった。

長かった一日が、ようやくに終わろうとしている。

倉田さんはソファに背を投げ出し、松岡氏のことを話し始めた。


「松岡のあの強い信念は何なのでしょうか。まさに怨念だ。世の中は金のある奴だけが幸せになれる出来レースだ。松岡はどこかで、そう確信したのでしょう」

倉田さんは遠くを見るように、目を細めて喫茶店を見渡した。

「努力は報われるとか、人間は自由で平等であり、この世に差別などないと世間は表向き言うが、みんな嘘っぱちだ。長く生きるとそのことがわかる」

倉田さんは力なく息を吐いた。

「だから長生きは罪悪なのですよ。経済的にも倫理的にも」

誰かに話を聞いてもらいたかったのだろう。一人で話し続けると、帰っていった。

いつも冷静な倉田さんにも、大きな心の闇が広がっているようだった。

第九章　裁判手続き、攻防の日々
先の見えない裁判、不安と後悔がよぎる日々、何が正義なのか

年があけ、寒さが増した。マンション問題が起こってから二年が過ぎていた。

裁判は相変わらず準備書面のやり取りに終始し、目立った進展はない。

争点は時効取得、消滅時効が成立するか否かに絞られてきた。

私たち四人は毎週のように打ち合わせを行い、弁護士事務所からの報告書に一喜一憂した。

こちらから準備書面で主張すると、それに対する反論がまた書面で提出される。それの繰り返しだった。

管理組合側は証人や証拠を大量に提出しているが、松岡氏の側はほとんど提出がなかった。四〇年前の署名もないメモ書きを証拠として提出してきたり、数行を援用するために何百ページにも及ぶ書籍を提出したりと、明らかに持ち駒不足に見えた。だが裁判所の雰囲気はむしろ原告側に厳しいという。

やはり時間の経ちすぎがネックとなっている。当初の違法の状態と今までの安定を考えると、当初の違法性は今までの安定を覆すほどのものなのかと。

何も主張しなかったことが、区分所有者の無関心さが松岡氏を擁護しているのだった。

四人ともに何か不快なものが、絶えず頭に残っていた。知らずに裁判のことを考えている。訴訟の継続が精神的ストレスになり始めていた。

マンション入り口に金属プレート

我々おっさんたちはささやかな反撃を試みた。

マンションの正面玄関に、『一階部分は係争中である』旨の金属プレートを貼ったのだ。

事前に組合側の弁護士には相談しなかった。反対されるだろうと思ったし、知らないほうがいいのではとも思ったからだ。

松岡氏の弁護士からは猛烈な抗議を受けた。内容証明が何通も届いた。

看板は外さなかった。

思った通り、携帯電話会社が撤退した後の一〇一号室には誰も入居してこなかった。

側面からダメージを与えようとの作戦だ。私が主張した。

武藤さんや倉田さんたちは躊躇したが、こちらの持ち駒を増やすためだと説得した。

「このまま永遠に裁判が続いても松岡氏には痛くもかゆくもないのです。早く解決しなければ自分にも不利が及ぶと気づかせる必要がある、あの人には」

結局松岡氏からは内容証明が来ただけで訴訟にはならなかった。部屋も空いたままだった。

「いいね、川松さん。松岡にはボディブローのようにじわじわと効くだろう」

「きれいごとで問題を解決するレベルはとうに超えたのですから、こっちもギリギリのことをすべきでしょう」

「なるほどねえ、さすがだ」

カラスの武藤さんは妙に感心する。

「川松さんね俺もそう思ってたんだ、本当に正義は正しいのだろうかって」

相本さんは思いつめたように、そう言った。

「違う、我々は自分の利益のためにやっているのじゃない。これは正義ですよ、正義は正しいのですよ、相本さん変なことを言っちゃいけない」

武藤さんが声を荒げた。

弁護士事務所打ち合わせの帰り道

裁判は続き、三回目の正月を迎えようとしていた。

武藤さんと弁護士事務所からの帰り道だった。たいした進展もなかった。

雪が降りだし、寒い夕暮れとなった。

「もうすぐ正月ですね」

「昔は新年の年賀状が三〇〇枚も家に送られましたが、今じゃ一〇枚も来ない。本当の友達なんていないと、その時に気づきました。遅いでしょ、会社の地位を自分の価値と誤解してずっと生きてきました」

「みんな似たようなものですよ。もっとも私はずいぶんと前から年賀状は出さないことに決めました。すると一枚も来ませんよ。新年早々爽快です」

「そりゃいい、私もそうしよう」

「副社長の仕事は忙しかったのでしょうね」

「まったく、人生すべてが仕事でした。今でも仕事の夢はよく見ますよ。飯も食わずに仕事に追いまくられ、ストレスを限界までため込んで、人を怒鳴りまくり、軽蔑した。実に嫌な奴だった」

「まあ我々の世代は、仕事が最優先されあとは二の次の生き方でしたから。仕事さえしていればすべてが許された。家事も育児も仕事だの一言で免責された。不思議な世代でしたね」

「育児なんてしたこともなかった。懸命に生きる親の後ろ姿を見せるだけでいいと思った。子供たちは優秀な人間になりましたよ。息子はアメリカで大学の先生です。娘はドイツで主婦の傍ら医者です。優秀な子供たちだ。

でもただそれだけ。何年も逢いに来ないし電話もよこさない。孫は私の顔も知らない。子供や孫の中で、私は過去の死人なのです。何か決定的なことを私は忘れていたのでしょうね」

武藤さんは煙草のやにで黄色くなった指先を見つめ、あとは黙りこくってしまった。

真夜中に娘から電話が入った。

「今、救急搬送されたの、病室よ、眠っている」

「容態はどうなんだ」

「そうね、あまりよくないわね」

娘は言葉を選ぶように答えた。

私は飛行機に乗り小樽の病院へ行くための手はずを、頭の中でせわしなく考えた。

同時に何を話せばいいのか、どんな顔をすればいいのかと、もう一人の私が袖を引いた。

「いいのよ、無理しなくても。ただ報告しただけだから」

私の戸惑いを見透かすように、娘は小さな声で言った。

しばらく沈黙が続いた。

「寝言であんたの名前を何度も呼んでいた。他人の脳の片隅にいるなんて、素晴らしいことじゃないの。この世であなたのことを思ってくれる人がいるなんて」

娘は電話の向こうで泣いているようだった。

私の目の前に、再び青空に包まれた銭函の海岸が広がった。

第一〇章　何も解決しない裁判、和解という名の妥協
相本さんの暴走

桜が咲き始めた。赤坂の弁護士事務所から裁判報告書が送られてきた。

裁判所から和解勧告がなされたという。

松岡氏は解決金として五〇万円を支払う、それ以外は一切認めないとの和解案を提出してきたそうだ。

「冗談じゃない、どこまで腐ったやつなんだ」

和解なんてしてはいけない、判決を求めるべきだ。敗けたらどうするのか。

おっさんたちの意見は対立した。

これが日本の裁判制度か、被告と原告を散々に疲れさせておいて、あとはお互い適当なところで手打ちをしろという。

四人は今後の打ち合わせのため、新宿ロイヤルマンションの私の事務所に集まった。

「だめだ和解なんて、俺は絶対に反対だ」

四人が顔を揃えた途端に、相本さんは椅子から立ち上がって目を見開いた。

「相本さん、あれは松岡氏の和解案で、我々は我々の主張を和解の中に盛り込めばいい」

私の言葉に、

「あいつは最初からとんでもなくハードルを上げている。無理だよ、あいつと和解なんて」

武藤さんが首を振りながら口を開いた。

「私も松岡との和解には反対だ、これでは何が正義なのかわからなくなってしまう。私たちは金が欲しくて裁判を起こしたんじゃない。何が社会の正義なのか、そのことをはっきりさせるために三年近く頑張ってきた。それを和解で終わらせるのは、つらいし、情けない」

「そうだろ」

「しかしだ、要求通り勝つのは難しいと弁護士が言う。判決を求めて負けたらどうするのかね」

倉田さんの言葉に相本さんはいらだった。

「控訴するまでだ」

「新たな証拠でも提出しない限り、逆転は無理だ、平成一一年の遠田さんと同じ結果に終わる」

「最高裁がある」

「最高裁は事実審を行わない、憲法違反や法令違反だけを審理する」

「一体何が正義なんだい、俺は判らなくなってきた。こんな足して二で割ったような和解が法の正義だと言えるのか。俺はこのために今まで戦ってきたのかと思うとがっかりするんだ」

私たちは黙り込んだ。

「みんな悔しくないのか、松岡みたいなコソ泥に権利を盗み取られ、それで泣き寝入りしろというのか、俺はまっぴらだ、そんな丸い年寄りになるのはまっぴらだ!!」

相本さんはそう叫んで部屋を飛び出していった。

重苦しい沈黙が部屋に満ちた。

私は耐え切れずに口を開いた。

「どうしましょうか、理事会の多数決で決めるという方法もある」

「いいや、それはだめだ。ここまで来たんだ、理事全員の一致がなけりゃだめだ」

倉田さんのつぶやきに、武藤さんもうなずいた。

そうはいっても、どうすればいいのか。

私は先の見えない坂道を滑り下りるような不安に駆られた。

弁護士との打ち合わせ　相本さんは出席を拒否した

老弁護士は唇がへの字に曲がってる。それでいつも不機嫌に見える。

「最初あなたたちに初めて会ったとき、馬鹿かと思いました」

ずいぶんと正直に話し始めた。

「いい年をして正義漢ぶって、社会を変えようとするかのごとき意気込みだった。いずれは挫折するものだと、どこかで冷めた目であなたたちを見つめていた。まさか三年近くも続くとは思っていなかった。正義が世の中でどのような価値を持つのかと、あまりにも軽くなりすぎた正義に、あなたたちは正面から取り組もうとした。あなたたちはよくやった、久しぶりに打算ではない、本物の情熱を見ることができた。それがおっさんたちなのが、なんともうれしい」

武藤さんと倉田さんはくすぐったいような顔で私を見た。私も同じ表情をしていたのだろう。

「さてこの先の話になります。皆さん、裁判に期待してはいけない。法律は現実の下僕に過ぎないのです。民事裁判が真実を明らかにしてくれると考えるのは間違いです。それぞれの不満を公平に小さくすることしかできない、そうです、それでも不満は残る」

老弁護士は、本当に言いたかった言葉を続ける。

「裁判では今ある現実が最も重い、もうわかっていただけたと思う。だから、この裁判には勝てないのです。残念ですが」

そう言って、しばらく何かを考えているようだった。

「君も何か言うことはないのか」

若い弁護士に顔を向けて促した。

「この裁判は大変難しい裁判です。裁判官は、最初から結論を出している風だった。私は未だに正義という言葉の意味をうまくつかめないのですが、少なくとも、公平や安定といった意味合いがあるものと理解しています。多分裁判官もそのような考えがベースだった」

「現実の安定が大切ということですか」

私は訊ねた。

「そうです。あなたたちは地主の不正を知った。しかし今までの区分所有者は遠田さんを除いて誰もそのことを指摘してこなかった。そして、あなたたちは無関心という過去の区分所有者の負債を承継した。現実は安定してしまったのです、正しくても間違っていても」

老弁護士が話を続けた。

「裁判所は法的安定を大事にする。この四〇年間マンションは安定していたのですよ。これは事実なんです。平成一一年の遠田さんの裁判にも、当時の人々は無関心だったのです。見方を変えれば、マンションの区分所有者は安定を望んだ。今まで四〇年間も安定していた現状を判決で覆すには、それだけの理由が必要になる。そのことの影響も考えないといけない。現状を覆す判決は裁判所もなかなか出せないと思う。せめて何とか引き分けに持っていければ」

「それなら法律なんて必要ない、時間が経とうが、正しいことは正しくなければならない、そうじゃないのですか」

武藤さんは立ち上がって叫んだ。部屋中に金切り声が響いた。

「もちろん、理想はそうですが」

「私たちは理想を語っているのじゃない、現実を語っているのだ。現実に松岡は他人の権利を泥足で踏みにじっている。それを法律は糾すことができないのですか」

「武藤さん、安定した現実を揺り戻すことはとても難しいのです。たとえ、その安定が間違っていてもです。今ある現実は重いのです」

老弁護士は口を曲げて言った。どこか自分でも納得しかねるような表情を浮かべ、また口を開いた。

「私は年を取りすぎたのかもしれませんね」


倉田さんが静かに立ち上がって皆を眺めた。

「私たちは四人で戦ってきました。結論も全員一致で出したいと思います」

「理事会の決議で決定する方法もあります」

若い弁護士が、私と同じ提案をしたが、

「わかっています。でも私たちは多数決でほかの意見を葬りたくない」

私と武藤さんも、倉田さんの言葉に頷いた。

「わかりました。一応裁判所には考慮中ですと伝えておきます」

不満が残っても和解すべきか、徹底的に戦い判決を待つか。

私たちの誰も決めかねていた。どうすればいいのか、この三年近くは何のための情熱だったのか。

相本さんの暴走　何が正義なのか

相本さんから突然の電話があった。

「一階一〇一の部屋にいる。至急来てくれ」

一〇一号室は松岡氏の所有で、携帯電話会社が撤退した後は空き家になっている。そこになぜ相本さんがいるのか。

何か嫌な予感がして非常階段を駆け下りた。

職安通りに面した一〇一号室のドアが半開きとなっている。

私は相本さんの名を呼び、ゆっくりとドアの中へ体を滑り込ませた。

非常灯の薄明りの中に相本さんと松岡氏がいた。松岡氏は椅子に座り、その後ろから仁王立ちした相本さんが太い腕を松岡氏の首に絡ませている。

右手に先が鋭く光る千枚通しを握りしめていた。

その千枚通しを松岡氏の首筋に持っていった。松岡氏を抱え込み、千枚通しを首に突き立てた。

異様な光景にめまいを覚えた。一瞬、映画の一シーンのような気がした。しかし、相本さんの荒い息や、松岡氏のうめき声は現実だった。

「だめだ、そんなことしちゃ」

私の言葉に相本さんはさらに興奮してしまったようだ。

「正義なんてありゃしない。この松岡は裁判で訴えられようと何も感じない。法律はこんな人間の味方なのさ。嘘をつき続けて、それが通るなら、遠吠えのように正義が無力なら、自分で解決するしかないじゃないか」

半開きのドアから、武藤さんと倉田さんが飛び込んできた。相本さんは二人にも電話をしたらしい。

「相本さん、これは違いますよ」

武藤さんに続いて倉田さんも小さく叫んだ。

「相本さん、これはだめだ、我々の努力がすべて消え去ってしまう」

「何がだめなものか。正義とは真実さえも護ることのできない無力なものじゃないか」

武藤さんと倉田さんは、だめだを繰り返した。

「三人にも知ってほしいんだ。この松岡に真実を話してもらう。それをみんなにも聞いてほしいんだ」

そう言って、相本さんは、強く千枚通しを松岡氏の首に押し付けた。

緊張のためか、肌寒いのに額に汗が浮かび上がっている。

「おい松岡、本当のことを言え。本当のことをだ」

相本さんの荒い息遣いが、心臓の鼓動のように部屋に満ちた。

「何を言えば」

松岡氏は体をよじり、首から相本さんの腕を外そうともがいた。

「このマンションが建てられたいきさつからだよ」

「相本さん、これはだめだ」

私は叫んだ。

「そのことに何の意味があるんだ、相本さん」

武藤さんも叫んだ。

「俺にはそのことが一番大事なんだよ。裁判がどうなろうと俺が死刑になろうと、俺は真実が知りたいんだ。俺の大切なおふくろが亡くなった。おふくろは家が大好きだった。その家を蝕んだお前を恨んでいた」

　相本さんは松岡氏の首にあてた千枚通しに力を込めた。

　松岡氏がウッと唸って顔をしかめた。

「お前みたいに金持ちじゃないおふくろは、掃除婦の仕事でマンションの頭金を工面した。酔っぱらいの吐いたゲロを拭いて、拭いて、ようやくに終の棲家を手に入れた」

　突然に相本さんは自分の腕に千枚通しを突き立てた。

　腕から赤い血が、炎のような筋を描き滴り落ちた。コツコツと音を立てるように床へ広がった。

「見てみろ、俺の体にはこんな真っ赤な血が流れているんだ、これが人間だ。お前にも人間の血が流れているのか」

　相本さんは血の付いた千枚通しを松岡氏の首に突き刺そうとする。

「やめろ相本さん、これ以上は護り切れない。いいね、警察を呼ぶからね」

　相本さんの両肩から湯気が立ち昇っている。不動明王の光背のようだった。

　職安通りを走る車のブレーキ音が耳をつんざく。

「待ってください。話しますよ。もう、やめましょうや」

松岡氏は大きなため息をついて、自分の首に突きつけられた千枚通しをわきへよけた。

相本さんも手を離した。目が充血し、赤くなっている。荒い息を何度も吐いた。

沈黙がしばらく続いた。

「何から話せばいいのか」

松岡氏はこもった咳をしてから口を開いた。

独り言のように、窓の外を見つめ話し出した。

「私は新潟の寒村に生まれた。村の期待を背負って、東京の銀行に就職した」

大手の都市銀行に就職したことは、裁判所の本人尋問でも語っていた。

「銀行に就職して愕然としました。厳然と分けられていた。兵隊と将校と、超エリートたちと、軍隊と同じです。兵隊から将校になることはあり得ない。就職した日から、私の将来は四〇年先まで決まっていた」

押さえつけられていた腕を何度か動かし、松岡氏は小さな咳ばらいをした。

「松岡は田舎の高校出だろ、一生ヒラの営業さ。この銀行では高卒で支店長になったやつはいない。上司たちの立ち話を偶然耳にしてしまった」

松岡氏は当時を思い出したらしく、きつい表情を浮かべた。

「それが現実。で、ふっと我に返った。会社のためではなく自分のために生きるべきと」

そこまで一気に話すと、立ち上がって洗い場へ向かった。

水道の蛇口をひねり水をコップでゴクゴクと飲み、また戻ってくると椅子に腰かけた。

「人間は平等なんて嘘っぱちでね、人は生まれた時から差別される。田舎者は一生田舎者、貧乏人は一生貧乏人、表面が変わっても心は変わらないものですな」

手に握ったコップをくるくると回して話し続けた。

「マツヨさんはいい人でした。夫に先立たれ、会社を切り盛りしていたが、先細りだった。銀行の営業だった私がマンション建設を持ち掛けた。ところが、私の勤める銀行は金を貸さなかった。会社の業績が悪いからと。私はあちこちの融資先を探した。なんとかマンションは完成した。自然とマツヨの娘と結婚した」

思い出したように顔を上げ、少し笑みを浮かべた。

「松岡電機に神戸という常務がいました。こんなに人気のマンションなのだから、少し利益をいただいてもと言い出した。安く売りすぎたのだから、その分回収すべきといった。このままだと損することになると、私はそれに乗っかった」

相本さんが苛立った表情で松岡氏を睨みつけている。

「後から追及されないようにパンフレットも規約もあいまいな表現にした。地主なのだから管理費は払う必要はないと神戸が言い出した。駐車場と店舗も後から所有権を取得できるように工夫した。そして皆の指摘のように時効を考え、一〇年後に増築登記をした。増築なんてしていない、駐車場を個人所有とするためだ。駐車場部分は増築扱いだから、他の区分所有者の承諾もいらない。みんな神戸が考えた」

「人のせいにするな、実行したのはお前だろ」

相本さんが松岡氏に言葉をぶつけた。

「その通りです。私が決断し実行した」

職安通りを、救急車がけたたましいサイレンを鳴らし走り抜けていく。

「利益が生まれると、あちこちの銀行から支店長があいさつに来た。取引先になってくれという。

私が一生勤めてもなれない支店長が私に頭を下げるのです。何人もです。そうです、金に頭を下げているのです。その時に、思った。

自分のためでもマツヨのためでもない、金のために既得権を守り続けようと」

向かいのビルに反射した西日が、部屋の隅で陽炎のように蠢く。

サイレンが音色を変え、遠くへ去っていく。


松岡氏は話し終えた。

「全部喋ってせいせいしたよ。テープ録りましたか、そんなもの証拠にはならないでしょうが」

「俺も真実を知ってすっきりしたよ、もう正義を語る資格はなくなったけどな」

相本さんは手に持った千枚通しをポケットに突っ込むと、黙って部屋を出て行った。

私と武藤さんと倉田さんはどうすればいいのか、何も思いつかず呆然と立ち続けた。

倉田さんが最初に口を開いた。

「松岡さん、あとは好きにすればいい、警察に訴えようと、弁護士に相談しようと。本当のことを言うのはすっきりするものでしょう」

「我々は何も見ていないし、聞いてもいない。何の協力もしませんから、そのつもりで」

武藤さんの言葉に、

「別に何もしませんがね、情けない話だ。この年になって殺されかけるとは」

松岡氏は伸びをして椅子から立ち上がった。

「身から出た錆でしょう、あなたがそれだけの恨みを人に持たせたということだ」

珍しく強い調子で言って、倉田さんは松岡氏を睨み続けた。

松岡氏は何かを考える風だった。


「皆さんは鬼を見たことがありますか」

突然に松岡氏は私たちに言葉を投げかけた。

私たちは、互いに顔を見比べた。

「もう聞いているでしょう、私には娘が二人いて一人は死にました。亭主がダメな奴でね、気が小さい癖に博打をやりたがる。マルチ商法まがいの事業に失敗し、娘は泣きながら金の無心に来た。私は断った。次の朝、娘家族は死んでいました」

松岡氏はこもった咳を何度もした。

眩しそうに窓の外を眺め、小さな息を吐いた。

「金を貸さなかったのは、今でも間違っていなかったと思っている。だから私は鬼なのですよ」

しばらく足元を見つめそのまま部屋を出て行った。随分と小さな背中だった。
我々三人は、疲れ果て床に座り込んだ。

最終章　そして和解、長かった裁判の終結

『被告は原告に和解金として金二三〇〇万円を支払うこと。一〇二号室部分を管理組合法人に返還すること。但し宅配取次店との現在の賃貸借契約が終了するまでは登記を保留する』

松岡氏が突然に我々の和解案に応じると言い出した。若干の修正をしてあった。金額も二〇〇万円ほど減額され、即時の登記移転も外されてあった

私たちは話し合った。この和解を受けるべきかどうか。

「相手方弁護士は、これでまとまらなければ和解を打ち切ってもらって構わないと裁判官へ言ったそうだ」

「脅しだろう」

「かもしれませんが、最終判決まで行くとなると、すべてが認められても最後に時効で切られてしまう」

「裁判所も時効で判決を出すのはなるべく避けると聞くが」

倉田さんも悩んでいた。

「そう言われてますけど、これは時効で切り捨てられる可能性が高い」

「なんで川松さんはそう思う」

武藤さんがむきになる。

「わかりました、武藤さん、じゃ和解を蹴りましょう。私は実を取るべきと考えたけど、間違っているのかもしれない」

「いいや川松さん間違っちゃいない。これは裁判所からのサインですよ、ここで終わらせなければただの意地の張り合いになってしまう。われわれは組合員の全員に責任がある。組合にとっての実を取るべきです」

倉田さんが首を伸ばし全員を眺めまわした。

職安通りをいつものように救急車が走り去る。

武藤さんが何度もうなずき、自分を納得させるように瞬きを繰り返した。

椅子から立ち上がって大きく息を吸い口を開いた。目が涙でぬれていた。

「わかりました、悔しいし情けないけど、私たちは組合員のために戦ってきたんだ、ここで私情をはさむと松岡と同じレベルに自分を貶めてしまう。和解しましょう皆さん」

唇をかみしめながら、武藤さんはみんなの肩をたたいて言った。最初に問題提起した武藤さんが、最も悔しいに違いないと思った。

おっさんたちは弁護士からの和解内容を承諾した。相本さんも承諾した。

管理組合としてはギリギリの結果を得ることができた。

松岡氏が何を考えて和解に応じてきたのかわからない。

善意が芽生えたことはないだろう。或いはさらなる打算でもあるのか。ともかくも、原告側和解案のほとんどの要求は満たされた。

松岡氏は結局一〇一号室での出来事を誰にも打ち明けなかったらしい。

どうしてなのか理由は判らなかった。


おっさんたちは深呼吸した。何年振りかで、肺の奥まで空気が広がっていくようだった。

夜逃げ通りを歩く四人

私たち四人が職安通りを歩いていると、自転車から降りた松岡氏が道端の自販機の前に立ち止まっていた。

財布を取り出し何度も買おうか買うまいか迷っている。数分も考え続けただろうか、彼は財布に小銭をしまい自転車に乗ると、そのまま新宿ロイヤルマンションのほうへ去っていった。松岡氏はずっと我々に気づかなかった。

「金持ちはあんなものかねえ」

「あんなだから金持ちになるのですよ。何億の資産があってもジュースを買う金さえ惜しい」

「哀しいひとですね」

私のつぶやきに、武藤さんは声を荒げた。

「何を言ってるのですか川松さん、あいつは我々の敵ですよ。我々の貴重な資産を食いちぎり、我々の貴重な時間までもむしり取った。あいつに同情的な感情を持ってはいけないのです」

「俺のほうが幸せだな、ジュースが一〇円高かろうが飲みたいときに飲めるからな」

相本さんの言葉に、

「本当に幸せとは正義とは、何なのでしょうね」

倉田さんがぽつりと言って、松岡氏の話は終わった。

「相本さんも痛かったろうな」

「あれね、あれはケチャップソース、仕込んでおいたの。俺、バイトで映画のエキストラもやってたから」

「凄い演技だね、相本さん」

「ああでもしないと、松岡は本当のこと言わないと思ってさ」

「じゃ、お母さんのことも」

「ぴんぴんしてるよ、ぼけているから腹すいたと、うるさくてしょうがない」

四人は歩きながら大笑いした。

松岡氏の心にどんな変化があったのかわからないが、あの相本さんの演技が和解を有利な方向に導いたのはあり得ることだと思った。


元奥さんはどうなのと、歩きながら相本さんが訊ねてきた。

三人の視線が私に注がれた。

「今は症状が落ち着いている。やり直そうと思っているんだ。勝手に年寄りの枠に自分を押し込めてしまったけど、また妻と一緒に、時間はそんなに残っていないけど」

「そりゃいいや、絶対そうすべきだ川松さん」

相本さんが、嬉しそうに私の肩を何度も抱きかかえた。

武藤さんと倉田さんも、無言で肩に手を添えた。

「川松さんはなんで最後まで続けられたの」

相本さんが私の肩を抱きかかえながら訊ねた。

「アルコール漬けの体の中にも、正義を求める心は熾火みたいに残っていたのかもしれない」

「そうだよね、世の中損得で考える連中には、正義なんてドラマの世界にしかないだろうけど、俺たちは正義を手づかみにしたんだよね。もっとも俺には正義を語る資格はないけど」

「相本さん、そんなことはない。立派な騎士だ」

カラス顔の武藤さんが、くちばしを大きく広げた。

「そうだ、俺たちは四銃士だ」

倉田さんはウミガメ目玉を嬉しそうに瞬かせた。

「大デュマの『三銃士』は知っているが四銃士っているのか」

「ここにいるじゃないか、おっさん四銃士が」

「そうだな、たしかにそうだ」

カバ顔の相本さんは、鼻を膨らませて納得した。

「長かったですね」

「訴訟提起からちょうど一〇〇〇日です」

「へええ すごいねえ、俺たち一銭にもならないことを一〇〇〇日も続けたんだ」

「やっぱり四銃士だね」

「まったくその通り」

『逃げてたまるか』の提灯に明かりが灯った。

おっさん四人は縄のれんの向こうに吸い込まれていった。

了

著者プロフィール

小松 良則（こまつ よしのり）

1950年生まれ
北海道札幌市出身
不動産管理、司法書士業を営む
長野県軽井沢在住

おっさんたちの千日戦争 新宿裁判闘争編

2025年1月15日 初版第1刷発行

著　者 小松 良則
発行者 瓜谷 綱延
発行所 株式会社文芸社
〒160-0022 東京都新宿区新宿1－10－1
電話 03-5369-3060（代表）
03-5369-2299（販売）

印刷所 株式会社暁印刷

ISBN978-4-286-26551-3